秘密。

私と私のあいだの十二話

JN285520

写真　市橋織江

装丁　小林正樹

目次

目次A

目次B

秘密。

私と私のあいだの十二話

吉田修一

吉田修一

ご不在票—OUT-SIDE—

ご不在票—IN-SIDE—

ご不在票 —OUT-SIDE—

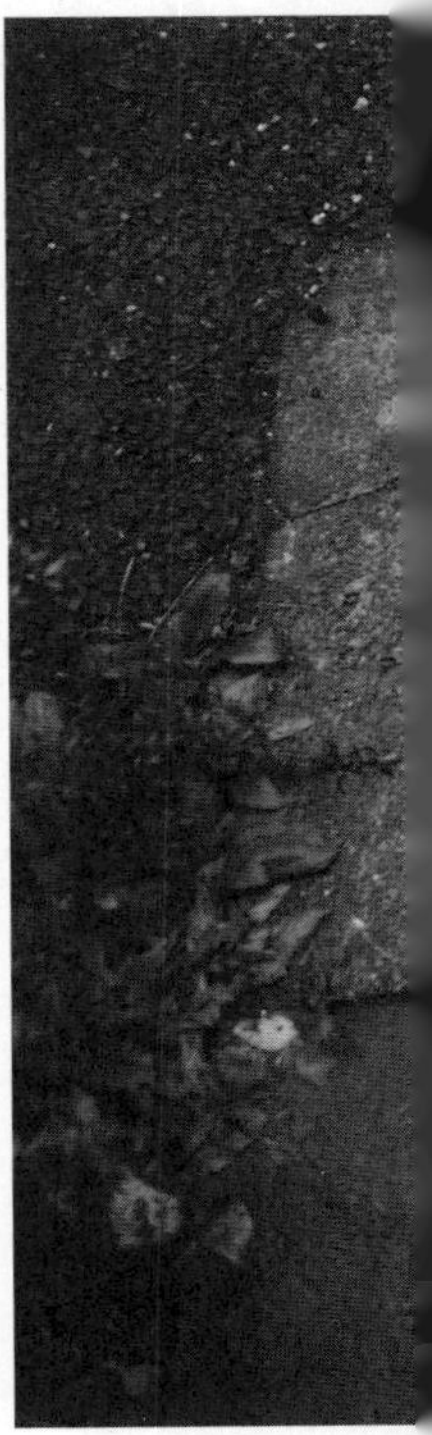

「あのぉ、不在票が入ってたんですけど」

聞こえてきた中年女性の声に、「いつでしょうか？」と尋ね返した。尋ね返しながら、ハンドルに押しつけていた伝票の束を、指先でパラパラと捲ってみる。

「昨日の夜なんですけど」

「ご住所は？」

爪が伸びている。昨夜、風呂上りに切ろうと思ったのだが、夜、爪を切るのは良くないんだよな、と縁起をかついで切らなかった。日ごろは、配送中にトイレが見つからないと、神社の境内でさえ立ち小便するのにだ。

「南町２丁目15の……」

女の声を聞きながら、それらしき伝票を引っ張り出した。路肩に停めたトラックの運転席には、真冬の日差しが差し込んでおり、朝早くから荷物を担いで走り回っているからだからは、じんわりと汗も滲んでいる。

伝票番号８８３５。差出人（株）北島水産。クール便。

「小谷様ですよね？　今日はこれからいらっしゃいますか？」

「昼までなら。それまでに配達して頂けます?」

「えっと、今、ちょっと離れた場所にいるんですけど、11時ごろには伺えます」

応対しながら顔を上げると、同業S社のトラックが前方から走ってきて、反対車線のほんの数メートル先に停車した。ハンドルを握っているのは、顔見知りのドライバーで、こちらがぺこっと頭を下げると、フロントガラスの向こう、同じようにS社のドライバーがぺこっと頭を下げる。

電話を切って、運転席から飛び降りた。荷台に回り、この三日間ずっと留守だった配送先の荷物を引きずり出す。四日前、初めてこの荷物を抱え上げたとき、その大きさに比べて、あまりに重量が軽く、危うくぎっくり腰になるところだった。ダンボールには玩具メーカーの名前があった。おそらく子供用の三輪車か何かなのだろう。

軽いダンボールを抱えてマンションのエントランスに入ると、先にオートロック前のインターフォンを押しているS社のドライバーが、振り返ってにこっと微笑んでくる。と、同時にインターフォンから、「はい」という声が聞こえ、ドライバーは慌ててカメラのほうへ振り返ると、「お荷物です」と声をかけた。

返事もなく、オートロックのドアが開く。改めて訪問先のチャイムを押してもよかったが、面倒だったので、その開閉に便乗して中へ入った。

「どこ?」

エレベーターに乗り込みながら、S社のドライバーが声をかけてくる。

「505」

「あそこ、ここ二、三日いないでしょ?」

「そうなんですよ。これで四度目」

「おたく、再配するから大変だよね。うちは基本的に連絡待ちだから」

エレベーターが閉まり、緩慢なスピードで上がっていく。互いの会社のユニフォームを着た男が二人、まるで他人の赤ん坊でも抱いているように、用心深く荷物を抱えて立っている。

「そういえば、もう生まれたの?」

とつぜんS社のドライバーにそう訊かれ、「いや、まだなんですよ」と首をふった。そしてポケットから私用の携帯を取り出し、「今、まさに連絡待ちです。まったく、今か、今かって、今朝方からやきもきしてますよ」と苦笑いした。

五階に到着し、先にエレベーターを降りた。どうせまた留守なんだろうと思いながらも、505号室のチャイムを押すと、三度目のチャイムで、「はい」と無愛想な男の声が聞こえる。

ドアを開けたのは、無精髭を生やした三十歳ぐらいの男で、ここ数日、一睡もしていないような、ひどく疲れた顔をしていた。

「お届けものです」

荷物を差し出そうとすると、ちらっと伝票に書かれた受取人の名前に目をやり、「フン、中里大輝サマか」と男は鼻で笑い、ボールペンを寄こせというジェスチャーをする。

玄関脇にかけられた表札には「中里慎二・真由美」と書かれているだけで、「大輝」という名前はどこにもなかった。

ご不在票 —IN-SIDE—

二度目のチャイムまでは、無視するつもりだった。結局、一睡もできずに、それでも無理にベッドで枕を抱えていた。すでに冬の朝日は、カーテンの隙間から差し込んでおり、この期に及んでも、まだ眠りを諦めようとしない自分を打つ、細い鞭のように見えた。

二度目とは、少しタイミングをずらされて鳴った三度目のチャイムで、舌打ちしながら毛布を剥いだ。ついさっきまでつけていたストーブの熱が部屋にこもっている。

ベッドを降りてインターフォンの前に立ってみたが、モニターには何も映っていない。ということは、すでにエントランスを抜けてきた誰かが、玄関ドア一枚隔てたすぐそこに立っていることになる。一応、受話器を取り上げて、「はい」と声をかけた。すぐに、「中里さん、お荷物でーす」という大声が、受話器からもドアの向こうからも聞こえる。それはまるで小さな郵便受けに、無理やり電話帳を突っ込もうとしているような声で、思わず、「うるせぇよ」と心の中で毒づいた。

ドアを開けると、ひょろっとした若い男が立っていた。男が抱えているダンボールに、先週行った大型玩具店の名前がある。

素足で立った玄関のタイルが冷たい。ドアを開けているせいで、背後からストーブで温められた部屋の空気が、外へ流れ出していく。


「どうして？　ねぇ！　どうして！」

真由美は、病室でも、霊安室でも、葬儀場でも、俺の肩を揺すって、そう叫んだ。病室でも、霊安室でも、葬儀場でも、俺らの横には、小さな大輝の亡骸があった。

百回以上、声に出して謝った。真由美はそれでも足りないと泣いた。もう泣かない大輝には、心の中で千回以上謝った。それでも大輝は、もう目を開けてくれない。

高熱を出した大輝を救急病院に連れていき、眠そうな医者の指示のまま、その夜、大輝を抱いて家へ戻った。夜が明ければ、熱は下がるはずだった。

十二時から明け方の四時までは、真由美が大輝を看病した。交代してくれと四時に起こされたとき、真由美は、「もう大丈夫みたい。さっきジュースも少し飲んでくれたし」と言った。まだ顔色は悪かったが、覗き込んだ大輝の表情には、すでに朝日が差しているようだった。少しだけ開いている小さな唇に指で触れてみた。何度か指先で撫でていると、大輝の小さな舌が、少し爪の伸びた俺の指先を舐めた。

疲れていたから、眠ってしまったわけではない。もう大丈夫だと思ったから、目を閉じてしまっただけなのだ。

真由美の悲鳴で目を覚ましたのが四日前、あれからまだ一度も眠っていないような気がする。葬儀のあと実家へ戻った真由美からは、未だに連絡がない。

受領書にサインして、インクの出が悪いボールペンを男に返した。受け取った男が、「お子さんのですか？」と、二人の足元に置かれているダンボールを指差す。貼られた紙の配達指定日には、四日前の日付が書いてある。その横に昨日とおといの再配達シール。タイミングの悪い配達員。タイミングが悪すぎたあの夜の自分。

礼も言わずにドアを閉めようとすると、とつぜん目の前の男が「あっ」と声を漏らし、慌ててポケットから携帯を取り出す。

「も、もしもし！」

悲鳴のような男の声が、すでに閉まったドアの向こう側から聞こえる。

「う、生まれた？　よし！　よし！　そ、それで元気なんだな？　お前も赤ん坊も元気なんだな？」

思わずドアに耳をつけていた。男の声はドアを通してもはっきりと聞こえる。

「……よかった。マジ、よかった。いや、ほんと……」

ほとんど涙声に近い男の声をドア越しに聞きながら、足元の大きなダンボールに目をやった。ダンボールの下から、まだ新しい大輝の運動靴が顔を出している。

「……それで名前だけどな」

男の嬉しそうな声が、ドアの向こう側から聞こえる。

「……やっぱり大輝にするよ。なんか、今、ピンときた。雄太じゃなくて、やっぱり大輝だよ。桜井大輝。いいだろ？」

足元には、届けられたばかりの大輝の三輪車が置いてある。

森 絵都

彼女の彼の特別な日

彼の彼女の特別な日

森 絵都

Collection

彼女の彼の特別な日

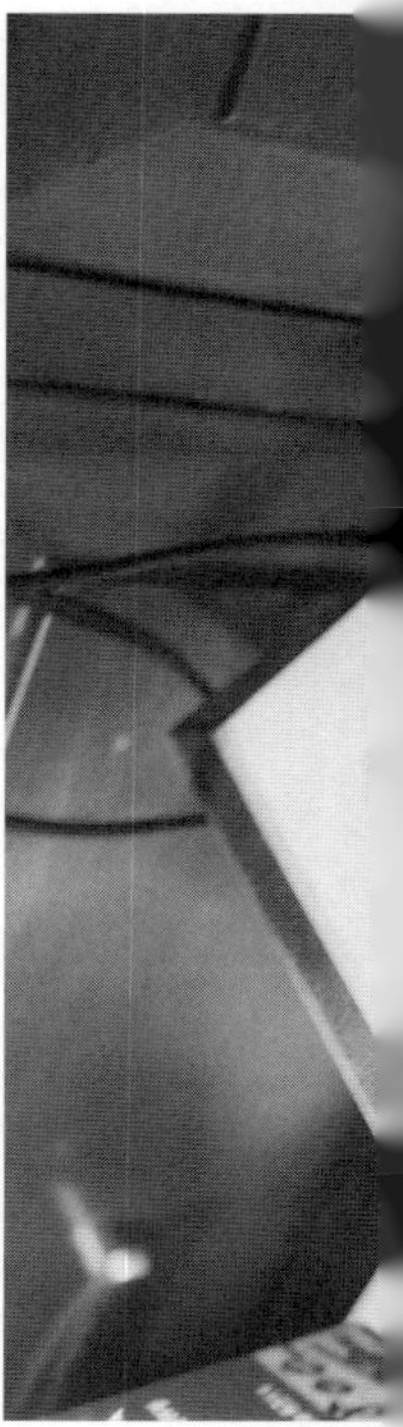

元恋人の結婚式の帰りに、初めて一人でバーへ立ち寄った。仄暗いカウンターの片隅で胸のざわめきを鎮めたかった。なのに隣席の男から声をかけられ、気がつくと星座がどうの血液型がどうのと質問攻めにあっていた。

お願いだから放っておいてほしい。私が席を立ちかけた瞬間、男は言った。

「互いに一つずつ願いを叶え合いませんか」

「願い？」

「さしあたり僕は君の電話番号を知りたい」

キザな文句。私は失笑して言った。

「それなら、私は時間を二年前に戻したい」

今日、別の女と晴れやかに笑っていた新郎がまだ私の恋人だった二年前。いつも隣で笑っていたのは私のはずだった。つまらない意地の張り合いから彼を失ってしまう以前の自分に、戻れるものなら今すぐに戻してほしい。

「二年前か……。ちょっと難しいな」

「なら二日でもいい。二日前に戻して」

彼がまだ完全に別の女のものになっていなかった二日前。結婚なんてやめて私とやりなおして。なりふりかまわずにそう頼んだら、彼は迷ってくれただろうか。いや、「君の幸せを心から願っています」と、結婚報告のメールに添えてよこした彼が迷うわけがない。

「それも難しいな。せめて二時間前くらいに負けてもらえませんか」

私は言葉に詰まった。二時間前。なるほど、その程度なら今からでも取り返しがつきそうだ。そして私はその二時間前に、確かに一番大事な何かを置き忘れてきたような気がしていた。

「わかったわ。二時間前で手を打ちましょう」と、私は言った。「じつは私、その頃、忘れられない人の結婚式にいたの」

男は瞳を強ばらせ、とても素朴な困惑顔をしてみせた。

「すみません。つらいことを思い出させてしまったようで」

「ううん、つらくなんてなかった。だって式の間中、私が考えていたのはたった一つきりだから。自分はちゃんと微笑んでいるか。彼の選んだ花嫁よりも綺麗で幸せな女に見えるか。つまらないプライドの塊みたいになって、全力で平静を装ってた。来てくれてありがとうって彼が声をかけてきたときも、元同僚として当然よ、なんて突っぱねてね」

見ず知らずの男に何を話しているんだか。そう思いながらも口が止まらない。

「今は後悔の塊。彼との別れを後悔してる。意地ばかり張っていた日々を後悔してる。そして何より、彼の特別な日に自分のことばかり考えていたことを後悔してる。もしも二時間前に戻れたら……」

私は花嫁の手にしていたブーケの色に似たミモザを見下ろしながら呟いた。

「どんなにつらくても、彼にちゃんと伝えたい」

「なんて？」

「結婚おめでとう」

無理をして微笑んだ。はずが、ミモザに一滴の涙が沈んでいた。酔っている。みっともない。隣の男はさぞかし呆れているだろう。

けれど男は驚くほど誠実な困惑顔を保ったまま、胸のポケットに挿していたペンに手を延ばした。

「降参です。時を戻せない僕にはあなたの願いを叶えることができない。よって、僕の願いであるあなたの電話番号も聞くわけにいかない。でも、もしもその新郎の番号を教えてくれたら、あなたの伝えたかった言葉を代わりにお伝えすることはできますが……」

私は初めて男を正面から捉えた。思ったよりも丸顔の三枚目風だった。この人はキザなのかお人良しなのか。それともただの世話好きか。妙に胸を騒がせる疑念は、久々に芽生えた好奇心でもあった。この人のことをもう少し知ってみたい気がする――。

彼の差しだしたペンを受けとり、私はコースターに自分自身の電話番号を記した。

彼の彼女の特別な日

祖母の四十九日、親戚一同との会食の帰りに、初めて一人でバーへ立ち寄った。皆の前では平静を装っていたものの、祖母の魂が今日を限りに昇天してしまうことを思うと、おばあちゃんっ子の僕には並々ならない喪失感があった。行かないでくれ、おばあちゃん。そんな未練を引きずりながら酒を飲み、ふと横を見ると若き日の祖母の写真にそっくりの女性が一人で酒を飲んでいた。

これはたぶん、いやきっと、祖母の魂が最後の力をふりしぼってセッティングしてくれた縁に違いない。僕は勇気をふりしぼり、生まれて初めて女性に声をかけた。

「お一人ですか？」

高鳴る鼓動。速まる脈拍。しかし、どうやら盛りあがっているのは僕だけで、彼女はこちらを見ようともしない。以前、会社の同僚から「星座と血液型の話をすれば女はいちころだ」と教わったのを思い出して実践《じっせん》してみたものの、いちころどころかますます彼女を白けさせて終わった。

こうなったら最後の手段。僕は以前、得意先の係長に教わった「とっておきの殺し文句」で勝負に出た。

「互いに一つずつ願いを叶え合いませんか」

「願い？」

「さしあたり僕は君の電話番号を知りたい」

ふりむいた彼女の冷笑に顔が熱くなった。おまえは人の言葉を鵜呑みにしすぎる。年中そうこぼしていた祖母の渋面が脳裏をかすめていく。

「それなら、私の願いは……」

彼女は完全に僕を軽蔑した様子で無理難題を突きつけてきた。二年前に戻りたい。二日前に戻りたい。こうして僕をからかい、煙に巻いて逃げる気だ。けれど二時間前の話になったところでふいに雲行きが変わった。

「私、忘れられない人の結婚式にいたの」

彼女は雨に打たれた彫像みたいな顔で語り始めた。唇に貼りついた人工的な笑みが痛ましく、寒々しい。二時間前に別の女性と結ばれたその男のことを本気で思っていたのだろう。

ああ、この人はやっぱりおばあちゃんと違う。当たり前だが、ふいにそう思った。祖母の魂は今頃、またどこかに新しく生まれ変わるための準備体操でもしているのだろうが、今、目の前にいる彼女の魂は僕と同じこの世界で苦しみ、さまよっている。僕が初めて声をかけた女性。よく見ると昔の祖母よりも歯並びが良く、眉のラインも美しい。こんな女性を泣かせているのはどんな男だろう。

結婚おめでとう。そう伝えなかったことを悔やんでいると彼女が言ったとき、僕はわけのわからない衝動に駆り立てられて、お節介にも新郎の電話番号を尋ねていた。

その男はきっと彼女が祝福の言葉を口にしなかったことなど気にしちゃいないだろう。なんせ自分の結婚式だ。朝からバタバタと慌ただしくて、緊張して、舞いあがって、シャワーのように降りそそぐ祝福に慣れきって、あぐらをかいていたはず。そして今頃は二次会か。シャンパンをがぶ飲みし、二人のなれそめクイズかなんかで盛りあがり、「キッス、キッス」なんて煽られてニヤついているんだ。だからこそ教えてやりたかった。この薄暗いバーの片隅で、たった一人で、うんと無理をして彼女の呟いた「おめでとう」の重みを。

とはいえ、彼女が本気でコースターに電話番号を書きだしたときはびっくりした。え、マジ？　ほんとに電話するの？

「おまえは嘘をつかない子だ。それだけが取り柄だが、それだけで十分だよ」

祖母が残した言葉を思い出し、僕は潔く覚悟する。よし、こうなったら心して新郎に電話をしよう。彼女の「おめでとう」を全力で伝えよう。そして願わくば、その男から彼女の電話番号を聞きだしたい。

佐藤正午

ニラタマA

ニラタマB

ニラタマA

電話に出たのはいつものひとだった。

声から想像すると若い女だ。

澄んだ声でてきぱきと喋る。人見知りしない陽気な感じが口調からつたわる。微笑をうかべながら受話器をにぎっているような。客商売だからあたりまえと言えばあたりまえなのだが、彼はいつも好感を持ってその声を聞く。他人と接するのがまだ新鮮で楽しい年頃。店主の娘かもしれないし、学生のバイトかもしれない。

「チャーハンと五目焼きそば、それとニラタマをひとつ」と女の声が注文を復唱した。

「うん、いつもわるいね」

「いいえ、もうニラタマはメニューに載ってますから」

その返事に対して彼が微笑をうかべたとき、いつもと違うことが起こった。

突然、耳元でとがった高い音が鳴り響いて、彼は眉をひそめ、電話のむこうでは慌てる気配があった。一定のリズムで繰り返される音は数秒のあいだ耳ざわりに鳴り続け、また突然止んだ。

「すいません」女の声が謝った。「携帯電話のアラームが鳴ってしまって」

「ああ」

もう一度注文の料理を確認して電話を切ったあとで、彼はすこし曖昧な表情になった。

いま聞いた音ではなく、携帯電話のアラームという言葉のせいで何か自分に関係のあることを思い出しかけたからだ。オフィスの掛時計を見あげると六時半を過ぎたところだった。六時半にセットされたアラーム。何をうながすための合図なのだろう。ボーイフレンドに電話をかける約束でもあるのだろうか?

「何だって?」と上司の声が言った。「ニラタマ、作るって?」

「はい。もうメニューに載せてるそうです」

壁際の一つだけ離れたデスクで上司の笑い声が聞こえた。顔はあげずにパソコンと向かい合ったままだ。週に一度の残業のときには必ずこのニラタマが大好物の上司とふたりになる。夕食の出前を注文するのは部下の仕事で、代金はむろんおのおの支払う。五目焼きそばを彼が払い、あとの二品ぶんを上司が払う。そしてひとりでぺろりとたいらげる。

「天気予報だと雪になるらしいぞ」

「お茶でもいれましょうか」

　彼は椅子を立って窓際のポットの置いてあるテーブルまで歩いた。茶筒の蓋を抜き、内蓋をはずし、外蓋に適量の葉を移して急須に入れ、ポットの湯を急須に注ぎ、立ちのぼる湯気を見ながら、彼はしだいに納得のいった顔になった。携帯電話のアラーム。それは妻の口から何度か聞かされた言葉だ。

　彼が単身赴任で住んでいる部屋には目覚ましがない。代わりにベッドのそばに電話を置いて妻からのモーニングコールで起こして貰う習慣になっている。妻は寝坊しない。おかげで彼は一度も遅刻したことがない。思えばその習慣は、結婚前の、まだふたりが恋人どうしだった頃にもあった。

　お茶の葉がひらくのを待って、彼は窓の外を眺めた。

　さっき自分が聞いた音を妻はもう長いあいだ聞き続けているのだろうと想像した。毎朝、毎朝、何百回も。モーニングコールを頼めるくらいに親しくなった頃から、結婚して、子供が産まれた時期を除いて、また離れ離れに住むようになったいまも。今朝も、明日の朝も。窓の外は風があった。白いものが跳ねあがるように宙を揺れうごいているのでそれがわかった。雪だ。彼はまた微笑をうかべて、壁際のデスクのほうを振り向いたが、上司はパソコンから顔をあげない。

ニラタマB

電話の声はいつものニラタマのひとだった。

配達はコック見習いの少年がバイクに乗って行くので、彼女は注文をうけるだけで先方の顔は見たことがないのだが、電話の受け答えの相性のようなものから自分と同世代の男を想像していた。家に帰れば奥さん（妊娠中かもしれない）と、子供がひとりいて、仕事は残業が多くて週に一回は中華の出前を頼む。がらんとしたオフィスで同僚とふたり、炒飯（スープ付き）か五目焼きそばを食べる。ニラタマは半分ずつ分け合って食べる。

ニラタマはもともとメニューになかったのだが、あるとき厨房で電話のやりとりを聞いていたコックさんが、いいよ、ニラがあるから作るよ、と気まぐれを言ったので、それ以来、断りにくくなって、いまでは店に来るお客さんにも出すようになっている。

彼女はいつも通りの注文を電話のそばのメモに書きつけ、横に時刻を書き添えた。６：30そのとき携帯のアラームが鳴り出した。

彼女がバイトに出る月水金は、娘を幼稚園に預ける時間をいつもより延長してもらう。延長分の料金（おやつ代を含む）で七時まで預かってもらい、会社帰りの夫が園に迎えに行く。そういう習慣でしばらくやってきたのだが、今週の月曜、夫は仕事の都合でいつもの時刻に会社を出られなかった。その仕事の都合については朝、夫から聞かされていたはずなのに彼女は店の忙しさにとりまぎれて忘れてしまった。七時前に園長さんから彼女の携帯に電話がかかったが、バッグの中にしまい込んでいたので気づかなかった。

結局、園長さんは夫の勤め先に電話をかけた。普段より一時間も遅れて夫は幼稚園へ車を走らせ、平謝りに謝ることになった。園長にも、もちろん娘にも。そして代わりに帰宅した妻を叱った。叱られた妻は次のバイトの水曜日、携帯をバッグから取り出して店の電話のそばに置いた。同じ失敗をくり返さないように、六時半には必ず一回携帯の着信を確認する。もし急の仕事で迎えに行けない場合にはその時刻までに夫のほうから連絡を入れる。そういう決まりを夫婦で作った。

彼女は話し中の受話器をとっさに頬で押さえ、携帯電話を開いてアラームの音を（音量をもっと低く設定すべきだと反省しながら）消した。着信はなかった。それからニラタマのお客さんに謝り、もう一度注文を確認して電話を切った。

厨房のコックさんに注文を通し、客が二組来店したのでその注文を取り、一組帰ったのでそのテーブルを片づけながら、いまごろ夫は娘を迎えに幼稚園に向かっているだろう、と彼女は思った。娘は笑顔で車に乗り込み、そして家に着くと夫にまた卵焼きをせがむだろう。月曜の晩、おなかをすかせた娘に夫は卵を三つも焼いた。彼女の知るかぎり、それは夫の作った初めての料理だった。

娘はその卵焼きが気にいった。翌日、幼稚園の弁当に卵焼きを入れようか？と機嫌を取ると、娘は首をふって、パパの卵焼きのほうが美味しい、ときっぱり言った。彼女は店のテーブルを拭きながら思い出して苦笑いをうかべた。パパの卵焼きは、あとで夫に聞いてみると、ただ砂糖を、砂糖だけをたっぷりと加えたお菓子みたいに甘い卵焼きだった。それが五歳の娘は美味しいという。

また店の電話が鳴っている。テーブルを拭き終わり、汚れた皿を重ねたトレイを運ぶ途中で客の話し声が耳にとまった。つられて窓のほうへ目をやると白いものが舞っているのが見える。厨房との仕切りのカウンターにトレイを置き、降ってきましたよ、雪、と彼女は言い、いま車の中から降る雪を見ているはずの夫と娘を想像しながら、鳴り続ける電話に走り寄った。

佐藤正午　ニラタマB

有栖川有栖

震度四の秘密——男

震度四の秘密——女

震度四の秘密——男

午後十時半を過ぎた。

連絡をする、と約束していた時間だ。

輝樹はテレビのボリュームを絞り、ベッドサイドの電話に手を伸ばした。暗記している十一桁の番号をダイヤルすると、五回目の呼び出し音が終わる前に奈央が出る。

——輝樹? お疲れさま。どうだった?

「うまくいった。明日には東京に帰れそうだ」

——よかった。あなたが深刻そうな顔をしていたから、心配していたのよ。

恋人に嘘をつくのは後ろめたいものだ。奈央には、かつて友人と共同経営していた大阪の広告代理店でトラブルが起きたので、その処理の手伝いに行く、と話してあった。

真っ赤な嘘である。結婚式を再来月にひかえ、最後までくすぶっていた女性関係を清算するために名古屋に出向く、と正直に話せるはずがなかった。遊び回っていたツケだ。

「声が晴れ晴れとしているだろう?」

会って話すと、相手は素直に身を引いてくれた。これで後顧の憂いなく奈央と一緒になれる。重荷を下ろして、ほっとしていた。

——うん、そうね。

彼女の返事まで、何秒かの不自然な間があった。女の勘と言うが、奈央のそれはことのほか鋭い。もしかすると、自分の言葉を疑っているのだろうか? まさか。不信を招くような言動は慎重に避けてきたはずだ。

「それより、お色直しのドレスは決めたのかい? 俺はあのピンクのが好みだな」

話題の転換をはかると、奈央は声のトーンを上げて長広舌になった。ピンクのドレスは肌の露出が多いのが気になる。フリルも子供っぽいし、やっぱりシルバーグレーの方にしたいのだが、どうだろうか、と言う。

「うん、よく似合ってた。迷わずあれにしたら。形もいいじゃないか」

そう勧めながら、輝樹は時折テレビに視線を送った。Jリーグの試合結果が知りたかったのだ。

と、浦和レッズの大勝を伝える画面に、臨時ニュースのテロップが出た。午後十時三十三分、京都府南部を震源とする地震があったらしい。各地の震度を見て、彼はどきりとした。大阪市内は震度四。平然と電話をしていられる揺れではない。同じ放送を奈央が観ていたら、「さっき地震があったでしょ?」と突っ込まれたはずだ。彼女がテレビのない生活をしている幸運に感謝したが、翌朝になって新聞を読めば、電話中に地震があったことを知る。

ひと芝居うつことにした。

「あっ、地震だ。結構でかい」

過剰にならないよう抑えた演技を試みる。ベッドのスプリングを軋ませて効果音にしかけたが、あまりにも空々しいのでやめた。

——大丈夫?

「じき治まるさ。……まだ少し揺れてるけど……もうやんだ。びっくりしたよ。震度四はあったんじゃないかな。和歌山あたりが震源かもしれない。南海地震っていうのがくるって、こっちじゃ騒がれてるみたいだから。関西もこわいよね」

つい口数が多くなった。かえって奈央の不信を招いたのでは、と反応を窺ったが、どうやらうまく騙せたらしい。

——気をつけて帰ってきてね。あなたの声を聞いて安心したわ。

「すべてうまくいったからね」

——愛してる。

甘い会話をひとしきり交わして、電話を切った。そう、結婚前にすべての問題を解決できたのだ。大阪に行くという嘘だって、バレているはずがない。

「震度四の地震をやり過ごすようなものだったな」

夜の静けさに浸りながら、輝樹はそっと微笑んだ。

震度四の秘密——女

付き合ってすぐに判ったこと。

輝樹は嘘が下手。

――あっ。地震だ。結構でかい。

あれで精一杯の演技だったのだろう。とんでもない大根役者だ。

それに、恐ろしく間が悪い。たとえ彼がアカデミー賞俳優だとしても、今夜の奈央を騙すことは無理だった。

「大阪にいた頃、一緒に広告代理店をやっていた奴がヘマをやってピンチなんだ。助けに行ってくるよ。二、三日ですむから」

出鱈目もいいとこ。

さっきの電話をどこから掛けてきたのかは判らないが、大阪からではない。おそらく、関西で地震があったことをテレビの速報で知り、慌てて猿芝居をしたのだろう。彼が「あっ」と叫んだのは、本当の揺れから三、四分もたった後だった。

奈央がいつもどおりテレビのない自分の部屋にいたなら、彼の熱演は報われたかもしれない。が、彼女は、輝樹の思いも寄らない場所にいた。

携帯電話を手にしたまま、奈央は窓の向こうに目をやった。東山連峰のシルエットが、月の下に長く横たわっている。今宵の宿は、鴨川べりのレディスホテルだった。

「まさか私が京都にきているなんて、夢にも思わないわよね」

輝樹の芝居が拙劣というよりも、嘘がばれる時なんてこんなものなのかもしれない。あまりにも間の悪い彼。しかし、それも善良さの裏返しに思えてきた。

どうして大阪に行く、だなどと偽ったのか判らない。何か言いにくい事情があったのだろう。自分と出会う以前は派手に遊んでいた時期もあったそうだから、結婚までに処理しておくべきことがあったのかもしれない。

「お互いさま、かな」

奈央は独りごちて、苦笑した。

自分だって、輝樹に隠して京都にやってきている。大学時代から交際を続けていた男との関係を完全に切るために。相手は奈央が結婚するのを人づてに聞いていたが、最後にもう一度だけ会いたい、彼女の口から直接別れの言葉を聞きたい、と望んだのだ。

輝樹にどんな事情があったのかは知らないが、本人が言ったとおり晴れ晴れとした声をしていた。何事があったにせよ、丸く治まったのだろう。

奈央の問題も解決した。

ホテルに着いてから、「やっぱり会わないでおきましょう」と電話することで、すべてに片がついた。

「あなた、大阪に行ったなんて嘘でしょう？」

輝樹を問い詰めて、いじめたりしない。結婚したら秘密を持たないようにしたいけれど、今回だけは「お互いさま」なのだから。これを最後の秘密にするのだ。

——びっくりしたよ。震度四はあったんじゃないかな。

彼の言葉が甦る。

「びっくりしたのは、こっちよ」

話し始めてすぐ、横波をくらった小舟のように部屋が揺れた。地震が苦手な彼女は、悲鳴をあげそうになるのを懸命にこらえた。東京にいるはずの自分が、京都の地震に驚くわけにはいかない。そのため会話に妙な間が空いてしまったが、輝樹は何とも感じなかったようだ。話題をお色直しのドレスに変えてくれたので助かった。

嘘をつくのが下手な男は、嘘を見抜くのも下手らしい。

明朝は、早い時間にチェックアウトすることにした。輝樹より早く東京に戻るため。新幹線で鉢合わせしてはかなわない。

明かりを消して、ベッドに入る。

一度だけ小さな余震があったが、彼女はじきに眠りに就いた。

小川洋子

電話アーティストの甥

電話アーティストの恋人

小川 洋子

電話アーティストの甥

電話アーティストの伯母が亡くなった。風邪をひいて胸が苦しくなり、自分で救急車を呼んで、三日後だった。誰の手も煩わせない、伯母らしい潔い最期だった。

一人暮らしの、狭いアパートの一室を片付けるくらいあっという間だろうと思っていたのに、実際はひどく手間取って、一週間近くかかってもまだ終わらなかった。八十五年の人生は、僕の安易な想像よりもずっと長かった。

伯母は電話に関し、ある特別な能力を授けられていた。最高のタイミングでスパゲッティを茹で上げた瞬間に掛かってきた電話にも、落ち着きのある、可愛らしい声で応対することができたし、僕が何かの理由で落ち込んで、人恋しくなっている時、なぜかすぐさまそれを察知し、電話を掛けてきてくれるのが伯母さんだった。

電話をしている間、メモ用紙にボールペンで何やら、線のような文字のようなものを書きつける。あるいは、指で自由自在にコードをくねらせる。そうやってできたメモやコードが、作品になった。メモはコルクのボードにピンで留め、コードはガラスのケースに仕舞い、電話番号を作品の題名とする、というのが彼女のスタイルだった。

それで食べてゆけるようになるまでには長い苦労があった。若い頃は油絵を教えていたこともあったらしい。結局、一度も結婚しなかった。いわゆる遺産と呼べるようなものは何も見当らなかった。部屋にはただ、さまざまな種類のメモ用紙と、替えの電話コードが大量に残されているだけだった。これならまだあと十年や二十年は、創作活動ができただろうに、と思われた。

遺品の中で最も立派だったのは、やはり電話番号帳だろう。それは表紙が飴色の革製で、ずっしりと重く、金で伯母さんのサインが印字してあった。中には、あいうえお順に整理された電話番号が、丁寧な字で記されていた。ほとんど僕の知らない人ばかりだった。燃料屋さんや宅配ピザの番号もあった。

自分の名前を探すと、それはページの一番最初、一行めに記されていた。何度か引っ越したので、修正液で書き直した跡が残っていた。僕に電話をするため、何度となくその番号を指でたどっただろう伯母さんの姿を、思い浮かべた。

電話台の引き出しの奥に、チョコレートの空箱を見つけた。外国製の上等なチョコレートだったのだろうが、箱はもうすっかり黄ばんで薄汚れていた。蓋を開けると、メモ型電話アートが、三十二枚出てきた。

クリップできちんと束ねられ、箱の真ん中に、静かにおさめられていた。長い時間、誰の手にも触れられていない様子だった。

豊かな表情を持った作品群だった。喜びと、恥じらいと、ためらいと、哀しみが、細やかに絡まり合っていた。

題名は全部同じだった。僕はその番号に電話を掛けてみた。

「あなたがお探しの人物は、たぶん、私の祖父だと思います」

受話器の向こうから聞こえてきたのは、思慮深い女性の声だった。

「祖父は二十年前に亡くなりました」

「僕の伯母も、十日前に……」

しばらく沈黙が続いた。

「作品を見れば、あなたのお祖父さまが、伯母にとってどれほど大切な人だったか、分かります」

「ありがとうございます」

と、女性は言った。

僕は受話器を握り直した。そこにはまだ、伯母の温もりが残っているような気がした。

電話アーティストの恋人

月曜日の夜、知らない男の人から電話が掛かってきた。死んだ伯母さんが大事に仕舞っていた遺品に、家の電話番号が記されていたらしい。伯母はアーティストだったんです、とその男の人は言った。

用件のよく分からない唐突な電話だったにもかかわらず、私がすぐに切らなかったのは、彼の口調に謙虚さが感じられたからだ。伯母さんの死を悼む気持にあふれているのが、受話器から伝わってきた。

「あなたがお探しの人物は、たぶん、私の祖父だと思います」

私は答えた。アーティスト、と名の付く人に少しでも関わりを持つとすれば、祖父以外には考えられなかった。

正直に言えば、祖父のことを思い出すのは久しぶりだった。彼が死んで、もう二十年になる。私が十二歳の時だった。

けれど誤解しないでほしい。決して私は薄情な人間ではないし、まして祖父を忘れたいほど憎んでいるわけでもない。

彼は実に静かな男だった。自分がそこにいることを、できるだけ他の誰かに悟られないよう、いつも心を砕いているような人物だった。余計な口はきかず、物音を立てず、地味な装いを好み、皆が自分のことなど忘れて楽しくやってくれるのを、一番の喜びとした。少なくとも、孫の私の目にはそう映った。

この信念を持って彼は、村役場の設備課設備係の仕事を全うし、お見合いで出納課長の娘と結婚し、三人の子供と五人の孫に恵まれた。退職後はますます無口になって、ほとんど一日中、寝椅子でうとうとしていた。

いつだったか、納屋の奥から油絵具のセットが出てきたことがあった。絵具のチューブはどれも干涸び、筆の毛は抜け落ち、パレットは黴に覆われていた。

「おじいちゃんのよ」

と、祖母が言った。

「昔、油絵を習っていたらしいわ。ほんの少しね」

絵筆を持った祖父など想像できなかった。彼が手に持っていたのは、スパナやペンチだった。皆すぐに、油絵具のことなど忘れてしまった。

寝椅子に横になったまま、誰にも気づかれず、昼寝の途中に祖父は亡くなった。最も愛した静けさの世界へ、旅立ったのだ。だから祖父の死は、安らかな記憶として、胸の奥のひっそりとした場所に仕舞われている。

「伯母は何度かお祖父さまと、電話で話していたようなのです」

男は言った。

「正確に言うと、三十二回」

「なぜはっきりと回数が分かるのですか」

「そのたびに、お祖父さまへの思いを作品に残していたからです」

その瞬間、不意に一つの場面がよみがえった。長い時間忘れていたとは思えない鮮やかさで、光のように私の中に射し込んできた。そう、電話をしている祖父の姿だ。

電話などとは縁のない、友人もいない祖父が、毎年一度だけ、確か初夏の頃、誰かに電話を掛けていた。亡くなる最後の年まで、変わらずにずっと。

不思議な光景に出会ったように、私はその様子をドアの隙間から眺めていた。

祖父はコードをのばして電話機を寝椅子の脇へ運び、間違えないよう慎重に、番号を回す。指は震えている。受話器をきつく耳に押し当てる。それを握り締める手に、胸の高鳴りが響いているように見える。

「七月二日ではありませんか」

男が尋ねた。

「その日は、伯母の誕生日です」

私たちはしばらく沈黙し、死者となった二人の人物のために祈った。

篠田節子

篠田節子

別荘地の犬　A―side

別荘地の犬　B―side

別荘地の犬　A―side

「迷い犬預かってます。セッター?の女の子。三歳くらい。お心当たりの方は五月四日までにお電話をください」

カフェ「森の鈴」の外壁に張り紙をして、笑子は傍らの犬の頭をなでる。犬は笑子の白いシャツに前足をかけると、猛烈な勢いで顔を舐め始める。

「やだ、もう」

顔をそむけたが遅い。唇から鼻の頭まで唾液でびしょびしょにされた。

昨日、別荘のガレージに迷い込んできたときから、大きな図体をして、なれなれしいやつだった。まるで飼い主にでも会ったように、尻尾を振って飛びついてきた。

「おまえ、どこの子?」と尋ねたところでわかりはしない。白と茶の長い毛が薄汚れ、痩せているから、このあたりの別荘地を彷徨《さまよ》ってずいぶん日が経っているようだ。

ドッグフードなどないので、固くなったパンに牛乳をかけてやると、むさぼるように食べ、食べながら笑子の顔を舐める。

「あまり面倒みると、かえってかわいそうだよ」と夫がたしなめた。

詳しい犬種はわからないが、すらりとした体や絹糸のような被毛からして、猟犬、セッターの類。たぶん血統書付き。並はずれて陽気で馴れ馴れしいところからすると、おそらく猟犬としては失格で、ハンターに捨てられたのだろう。貼り紙などするだけ無駄だ。

夫はそう言いながら、貼り紙用に犬の写真を撮ってくれた。

連休が明けたら東京に帰らなければならない。青山のマンションでは、チワワあたりならこっそり飼えるかもしれないが、大型の、しかも猟犬は飼えない。数日間かわいがった後、また置き去りにするのはかえって残酷だ。

「きっと飼い主が来てくれるよね」

祈るような思いで、笑子はなめらかな毛並みを撫でる。「迷い犬」のポスターは二十枚コピーして、ホテルやレストラン、土産物屋など、人の集まりそうなところに軒並み貼らせてもらった。

その日、深夜まで待ったが、携帯電話の着信音はとうとう鳴らなかった。連休明けまで三日しかない。犬はガレージでおとなしくしている。もし家に上げたら、このまま飼い主が現れなかったとき、追い出して鍵をかけるのはあまりにかわいそうだ。

「ごめんね」とその大きな頭を抱く。

「飼い主なんて現れないと思うわよ」

翌日、カフェ「森の鈴」に行くと、女主人が犬の首を指さして言った。「首輪まで取ってあるもの。たぶん都会で飼いきれなくなった別荘族が、ここに連れてきて置き去りにしていったのよ」

ハンター、別荘族……。夫もカフェの女主人も、犬は捨てられたのだ、と言う。信じたくない。少し脂っぽくなった長い毛も、その下からじわりと伝わってくる体温も、最初は不快だった舌の感触さえ、三日も一緒にいると愛しい。

「捨てられたわけがない。こんなに良い子だもの。こうしてるだけで癒されるもの」

ガレージのコンクリートに腰を下ろして笑子は犬を撫でる。

電話はなかった。二日後の朝、笑子たちは荷物を車に積み込んだ。渋滞が始まる前に出発しなければならない。

まつわりついてくる犬をガレージから追い出して、鍵をかけたとたん、涙がこぼれた。

そのとき鞄の底で電話が鳴った。

「お願い」

震える手で通話ボタンを押す。

「もしもし、貼り紙見ました」

女の声だ。「うちの犬だと思うんですが」

「やった」

笑子は夫に抱きつく。

「やっぱり捨て犬なんかじゃないじゃん。飼い主、いたじゃん」

十分後、古びた軽トラックが一台、家の前に止まった。扉が開いて作業服姿の中年の女が降りてくる。

「ミカちゃん」

ためらうように女は呼ぶ。犬は地面を蹴って真っ直ぐに女に向かって駆け出した。

別荘地の犬　B―side

「迷い犬預かってます。セッター?の女の子。三歳くらい。お心当たりの方は五月四日までにお電話をください」

女は、勤務先のホテルのエントランスで、箒を握りしめたまま、貼り紙に見入った。

デジタルカメラで撮った写真が添えられている。茶と白のまだらの毛並み、長い鼻筋。

思わず、ミカちゃん、と呼びかけていた。

レッドアンドホワイトアイリッシュセッター。別れた夫がかわいがっていた犬だが、むしろ世話をしている彼女によくなついた。他人に対しては警戒心が強いのに、家族には細やかな愛情を注いでくれる。幼い娘を見守るように、いつもぴたりとそばについているから、ミカちゃんのミカは、守護天使ミカエルのミカ。夫とそんなことを語り合って笑ったこともあった。

人の心も立場も、どこでどう変わるかわからない。女は四年前、小学校六年生になった娘を置いて家を出た。大きな家にも、豊かな暮らしにも、そして夫にも未練はなかった。娘とはいつでも会えることになっていた。しかし飼い犬とは、婚家に足を踏み入れぬ限り、二度と会えない。

その朝、女はいつも通り夫を会社に、娘を学校に送り出した。最後に彼女自身が、スーツケースを提げ、玄関を出ようとしたとき、強い視線を首筋に感じた。ミカはすべての事情を知っているかのように、玄関に行儀良く座り、飴色の瞳でじっと女をみつめていた。

胸にこみ上げる思いを振り切るように、彼女は後ろ手に扉を閉め、婚家を後にしていた。

物静かで繊細だったミカは、昨年死んだ。十四歳だった。苦しんだ跡もなく、朝起きると、娘のベッドの脇で冷たくなっていたという。

ミカちゃん、と女は写真の犬に再び呼びかける。あれから元の夫ほど収入はないが、誠実な男と再婚し、この土地に移り住んだ。決して豊かではないが、以前より穏やかな暮らしを手に入れた。とはいえレッドアンドホワイトの子犬を買えるほどの金はない。国産は一頭もいない、すべて輸入犬という希少種だ。

うちの子だ、と言って、もらってしまおうか、と女は考えた。しかし今頃、飼い主は必死で愛犬を探しているだろう。

女は預かり主の名前と電話番号をメモする。他人の犬を、自分のものだと偽って手に入れる度胸はない。第一、飼い主でもない者が引き取りに行っても、犬は寄ってこないだろう。引き取り手がいなければ私にください、と頼んでみようか。しかし一頭、七、八十万もする希少種だということを、拾い主が知っていたら、手放すだろうか。いや、希少種でなくとも、数日飼っていれば情が移る。自分で飼いたいと思うのではないか。

何より、自分が昔の家庭でかわいがっていた犬を忘れられないでいることを今の夫が知ったら、どんな思いがするだろう。

翌日も、その翌日も、貼り紙はそのままあった。ゴールデンウィークもこの日で終わる。フロントはチェックアウトの客でごったがえしている。

「四駆かなにかで連れてきてはぐれちゃったのね」

「雷の音に驚いて逃げ出して、そのまま帰れなくなったのかもしれないわ」

客たちが話している。もし飼い主が観光客なら、とうに諦めて帰ってしまった後だろう。

ガラス戸を拭いていた女は、雑巾をその場に置くと、公衆電話に駆け寄った。作業服の胸ポケットからメモを取り出す。息をゆっくり吸い込み、そこに書かれた電話番号をプッシュする。今日は五月五日。一日遅い。

何度か呼び出し音が鳴った後、相手は出た。

「うちの犬だと思うんですが」

語尾が震えた。

数分後、女は職場を早退した。

罪の意識に少しばかり胸が痛む。ミカちゃん、と呼んでみよう、と思った。もしそれで犬がこちらに走ってきたら、きっとあの子の生まれ変わりだ。知らん顔していたらあきらめよう。女は軽トラックのアクセルを踏み込み別荘地への坂道を上っていく。

唯川恵

〈ユキ〉

〈ヒロコ〉

〈ユキ〉

「相変わらず、ユキはきれいね」

向かいの席に座るヒロコが、カプチーノのカップを手にしながら、ため息まじりに呟いた。

ついさっき、買い物をしている時にたまたま学生時代の友人ヒロコと再会し、近くのティールームに入ったのだ。

「いやね、そんなことないわよ」

と、ユキは笑って否定したが、内心では「そんなこと、誰より私自身が知っているわ」と思っていた。

小さい時から「可愛いね」「きれいね」と言われてきた。おかげで男に不自由したことはないし、たとえば成績がさほどよくなくても一流と呼ばれる会社に就職できた。レストランでは頼まなくてもいい席に案内される。

二重の目、長い睫毛、すっきり通った鼻筋、形のよい唇。肌のきめはこまかく、頬は頬紅をささなくてもうっすらピンクに染まっている。自分でもほれぼれするほどきれいだと思う。

その点、こう言っては何だが、ヒロコはきれいじゃない。いや、はっきり言えばブスだ。だから男にもてない。

就職試験には何度も失敗したし、小さい頃からいじめられたと聞いている。ヒロコを見ていると、同じ女に生まれても、容貌の違いでこうも幸と不幸がはっきり分かれることに驚嘆してしまう。

近況報告をしあっていると、ふと、ヒロコが時計を見た。

「あら、もうこんな時間、帰らなくちゃ」

「まだ七時じゃない」

「それがね、最近、私、最低八時間は眠ることにしているの。土日はもう一日中眠っているわ。眠るのが楽しくってしょうがないの」

ヒロコがバッグから自分のカプチーノ代を取り出した。

「また今度、ゆっくりお喋りしましょうよ。ただ家にいる時はたいてい眠っているから、連絡はメールにしてね。じゃ」

やけに嬉しそうに帰ってゆくヒロコの背を見ながら、ユキは何だか腹が立った。どうせ眠るぐらいしかすることがないんでしょ。恋人もいないし、ろくな仕事にもつけなかったんだもの、しょうがないわよね。

それでも、ヒロコのひと言が胸の中に引っ掛かっていた。

眠るのが楽しい、ということだ。

というのも、さっきヒロコにも話したのだが、どういうわけかここのところユキはずっといやな夢が続いていた。

自分がものすごくブスになった夢である。そこでユキは、現実の生活の中では考えられないような、ぞんざいな扱いを受ける。たとえば、昨夜の夢はこんな感じだ。

ブティックで、最近流行りの服を手にし、試着したいと店員に申し出ると、こう言われた。

「服がかわいそうだからやめてください」

最初の頃は、目覚めて笑っていた。夢まで私に嫉妬するのね、というような気持ちだった。けれど、それが三ヶ月も続くとなれば話は別だ。眠ることを考えるとユキはうんざりする。いや、最近では苦痛だった。できることなら眠りたくない。ずっとずっと起きていたい。そのために毎日、デートや食事会やらのスケジユールをびっしり入れている。

それでも眠らないわけにはいかない。眠らなければ死んでしまう。

ユキはとてもきれいだ。そのことで、一日のほとんどを幸福に暮らしている。けれど、眠ればブスになり、必ず不幸がやって来る。毎日の終わりを、こんな夢で締め括らなければならないなんて、本当に幸福と言えるのだろうか。それを考えると、ユキは時々、どうしようもなく憂鬱になってしまうのである。

〈ヒロコ〉

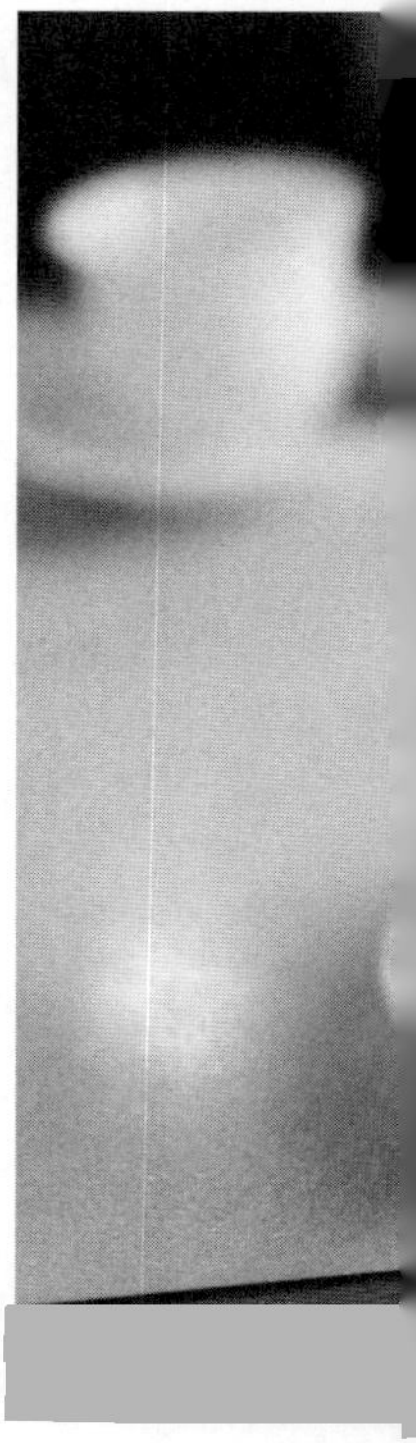

買い物をしていたら、学生時代の友人のユキと一年ぶりに顔を合わせた。近くのティールームに入ったのだが、相変わらずユキは見惚れてしまうほどきれいだ。

自分がきれいじゃないことぐらい、ヒロコは十分承知していた。一重の細い目、短い睫毛、低くて丸い鼻、唇は気をつけていてもすぐへの字になる。中学の頃からニキビに悩まされ続けて来た肌は、どんな値の張るファンデーションを使ってもカバーしきれない。

小さい時、ヒロコを見る大人たちは、みんな困ったような顔をした。そして、取り繕うように「利発そうなお嬢さんね」とか「元気がいちばん」などと、幼心にもとってつけたとわかるお世辞を口にした。子供同士は残酷だから歯に衣着せない。はっきり「ブス」と言われた。バカにされ、いじめられた。

大人になったら、さすがに面と向かっては言われなくなったが、対応は明らかだった。就職試験は成績では問題なかったはずなのに、面接の段階であっさり落とされた。レストランではいつもドアに近いいちばんひどい席に案内される。きれいでないということで、割ばかりを食ってきた。

こうしてユキと向かい合っていると、神様はやっぱりえこひいきをするのだと、恨めしくなってしまう。

ただ、ユキは少し疲れて見えた。

「どうかしたの？」

尋ねると、意外な言葉が返って来た。

「それがね、最近、あまり眠ってないの。どういうわけか、いやな夢ばかり見るのよね」

ユキにもそういう悩みがあるのだと笑いたくなった。というのも、実はここのところ、ヒロコはいい夢ばかりを見るようになっているからだ。

「私は眠るのが楽しくて仕方ないの」

それを言うと、ユキはわずかに眉を顰め、不機嫌になった。それくらいいいではないか。ユキは現実の中で私の１００万倍はいい思いをしているのだから。

「もし連絡があったらメールにしてね、家にいる時はたいてい眠っているから」

そう言い残して、ヒロコは席を立った。

一刻でも早く家に帰りたかった。早く帰って、眠りたかった。それが今のヒロコの唯一の楽しみ、いや生きがいと言ってもよかった。

時間が惜しくて、食事もお風呂もさっさと済ませ、とにかくベッドに入って目を閉じる。

夢の中で、ヒロコは絶世の美女になる。

ユキなんか目じゃない。すべてのことが意のままにできるくらいの美貌を持っている。

昨夜は、三人の男たちにプロポーズされる夢を見た。ひとりは将来有望な青年実業家で、ひとりは花形スポーツ選手で、ひとりは才能溢れる芸術家だ。ああ、何と気持ちがいいか。きれいは、こんなにも幸福でいられるのだとしみじみわかる。

確かに、現実で自分は少しもきれいじゃない。そのことで、数え切れないぐらいの理不尽と不愉快な目に遭ってきた。これからだってそうだろう。世の中なんて、そんなものだ。

ただ、今のヒロコは一日の最後を、いつも最高の幸せで終わることができる。

眠れば眠るほど、その幸福は長く続く。十二時間眠れば、夢と現実は半分ずつだ。それ以上の時間眠れば、もう夢の方を現実と呼んでもいいのではないかと思ってしまう。

それでも、いつか夢は覚める。どんな幸福な夢も、目覚めることが前提だ。現実の中で生きなければ生活はできない。それを思うと、ヒロコの口からはついつい濁ったため息がもれてしまうのだ。

堀江敏幸

堀江敏幸

黒電話——A

黒電話——B

黒電話——A

新緑の重みにしなった枝々が左右から頭上に迫ってつよい陽射しを適度に遮ってくれる急勾配の道を、鴨田さんは一歩一歩、息を整えながらのぼっていく。この細い坂道を自分の足で歩いたのは、面接のとき、駅からうちの会社のバスが出ているからそれに乗ってくればいいと言われたのを断って徒歩でやってきたその日以来、三十年ぶりのことだ。つまり、ほとんどはじめてと言ってもよかった。当時はこんなふうに滑り止めの細かい粒子が入った舗装などされていなかったし、途中でわかれて別棟へ直接つながる階段もなかった。坂は会社の敷地内にあるので、麓に駐車場の料金所みたいな小さな守衛所が建てられている。記憶のなかでは安っぽいプレハブ小屋だったのに、いまではコンクリート打ちっ放しの、なかなか洒落た外観の建物に変わっていた。

鴨田さんは、郊外線の急行が止まる駅と、小高い山の中腹にある大手電子部品開発会社の研究所を結ぶ、送迎バスの運転手だった。つい二か月まえに定年退職したばかりである。飽きずに勤めあげることができたのは、朝も昼も夜も、浮世離れした研究者たちと交わす言葉が、とても楽しかったからだ。高専を出ている鴨田さんにとって、彼らの世界は一種の憧れでもあったし、何度説明してもらってもちんぷんかんぷんな専門領域の実験が、じつは身近な生活用品に生かされていることを知ると、それだけで心が沸き立った。

　額に汗を滲ませながら坂をのぼりきると、前の職場には寄らずに、本館の庶務課を訪ねた。老朽化した研究棟が、鴨田さんの退職後ほどなくして隣の敷地に建てられていた新棟に移り、その際、事務機器も一新され、スチールの机や棚などが大量に処分されることになって、廃棄日までひとところに保管されていることを聞きつけ、もしやと思って問い合わせてみたのである。事情を話すと、親しかった庶務のおばさんが、いくらでもあるわよ、どうせ捨てるんだから、好きなだけ持っていって、と言ってくれたのだ。

　六つになる孫から、誕生日のプレゼントに、ダイヤル式の電話が欲しいとねだられていたのである。友だちの家に行ったら、小さな穴のあいた円盤がついているつやつやした黒い石みたいな置物があって、それがとつぜん、チン、と短く鳴ってから、じりーん、じりーんと歌いはじめた。孫は心底驚き、その正体と使い方を教えてもらうと、どうしてもおなじものが欲しいと言い出したのだ。鴨田さんは息子に内緒であちこち百貨店をまわったが、ダイヤル式電話の玩具なんてもうどこにもなかった。それなら、運転手の詰め所ではまだ現役の、本物の黒電話を探したほうが楽かもしれない。そんなふうに考えたのだった

おばさんについて一時保管場所の研究室跡に入った鴨田さんは、思わず嘆息した。スチール棚いっぱいに、黒檀の木魚がずらりと並べられていたのだ。蛍光灯の光を鈍く照り返しているそれら旧式のダイヤル電話たちの表情は、驚いたことにみなちがっていた。円盤には金属製とプラスチック製の二種類があり、本体の質感も、時代によって微妙に異なっている。いまじゃ、プッシュホンだって古いくらいだからさ、若い子は携帯電話だもの、とおばさんが言う。鴨田さんはそれに応えず、ひとつひとつダイヤルをまわして感触を確かめ、いちばん力のいらないものを選んだ。子どもが遊ぶのだから、できるだけ軽いのがいい。

ポケットに入れてきた風呂敷にそれを包むと、おばさんに礼を言ってすぐにまた急な坂道を降りる。右手で握っている丸い荷物が振り子になって、鴨田さんの細い脚をどんどん前に進めていった。

堀江敏幸　黒電話──A

黒電話——B

紫色の風呂敷に包んであったし、ちょうどそのくらいの大きさに見えたから、多恵子さんはてっきりお寿司かなにかにちがいないと思った。なにしろ小学校に入って最初の誕生日だ。きっと奮発してくれたんだ。

ところが出てきたものは、真っ黒に照り返った不気味な塊だった。結び目をほどく祖父の手をじっと見つめていた翔太は、それが黒い電話だとわかった瞬間、わあっと大声をあげ、お義父さんの頼りなげな身体がひっくり返るほどの勢いで抱きついて、おじいちゃん、ありがとう！　と叫んだ。事前になにも聞かされていなかった多恵子さんたちは、いったいなにごとかと身を乗り出し、現物を見てようやく、このあいだ翔太の話に、指を穴につっこんでじりじりとまわす電話が登場していたことを思い出した。友だちの家で聞いたそのベルの音は、目覚まし時計みたいな迫力があったという。

へえ、あの家はまだダイヤル電話を使ってるんだ、と多恵子さんはむしろ感心したのだが、まさか息子がそんな時代遅れの品に興味を抱き、あまつさえお義父さんにねだっていたとは想像もしていなかった。いやね、玩具でいいかと思って、あちこちまわってみたんだが、どこにも見つからないんだよ、いまや本物のほうがたやすく手に入る時代なのかもしれんなあ、とお義父さんは孫の喜ぶ姿を見て自然とこぼれる笑みをこちらに向けた。

ねえ、すぐにかけられる？　と顔を輝かせ迫る翔太に、夫はようやく反応し、ジャックは差込み式だから、たぶん家のを抜いてこちらを差せばいいだろう、せっかくだから、ちょっとだけ試してみるか、とテレビのわきのジャックに差してあったコードを抜いて、黒電話のそれをつないだ。受話器を取り、耳に押しあてる。ところが、発信音はするのに、ダイヤルをまわしても音が変わらないという。おかしいな、壊れてるのかな。そう言って、夫は受話器をもとに戻した。翔太とお義父さんの表情がさっと翳る。その瞬間、チン、と一回、なにかの合図のような音がして、それから子どもの頃よく聞いた、あのやわらかい呼び鈴が部屋中に鳴り響いた。

みんなで顔を見合わせ、一拍置いてから、多恵子さんが受話器を取る。運送会社から荷物の配送時間の確認だった。話を終えたとたん、ぼくもかける！　ぼくも話す！　と翔太が騒ぎ出す。なにしろこれは、自分がもらった誕生日プレゼントなのだ。その権利はある。翔太の願いをかなえるべく、多恵子さんがふたたび受話器を手にして円盤をまわしてみると、やはりツーという音が聞こえるだけで、何度試しても発信することはできなかった。翔太の落胆ぶりといったらなかった。

「故障」の原因は、翌日、簡単に判明した。家の電話はプッシュ回線だから、アナログの黒電話では相手の呼び出しを受けることはできても、発信することはできないのだ。辛抱づよく円盤の回転を目で追って電話をかける喜びを翔太に与えるには、契約しなおさなければならない。夫はしぶった。リダイヤル機能もないんだぞ、急ぎの用事が通じなかったとき、こいつを何度もまわしてたら間に合わないじゃないか。でも、と多恵子さんが言った。携帯を使えば問題ないわよ、お義父さんの好意を台なしにしたくないし、翔太が飽きたらまた戻せばいいもの、それに……。それに、なんだ？　と夫がうながす。どうしよう、本当のことを言おうか。多恵子さんは迷った。あの晩、偶然かかってきた電話の呼び鈴と、受話器から聞こえてきた、頭蓋骨にきんきん響いてこない、やわらかくて自然な人声が忘れられないのだ。翔太やお義父さんのためでもあるけれど、じつはわたしがそうしてほしいのだ、と。

堀江敏幸　黒電話——B

北村 薫

百合子姫

怪奇毒吐き女

北村薫

百合子姫

うりこ姫という、昔話があった。道夫は、先輩の稲垣百合子を、ひそかに《百合子姫》と呼んでいた。古めかしいとは思う。しかし、色白で清潔で、年上の彼女は、そう呼ぶにふさわしい。

彼女は三年で、生徒会の副会長だった。顔合わせの時から伏し目がちで、《大丈夫かな、この人？》と、むしろ、保護してやりたいような気を起こさせた。

ところが、要所要所で、簡潔に、

「……ではないでしょうか」

という発言が、実に的を射ていた。いかにも熟考の末に出た意見と思わせた。顧問の先生も百合子には一目置いているようだった。

花の名前を持つ人らしく、百合子は、殺風景な生徒会室に、季節の花を持って来て活けたりした。先輩や先生から袋菓子の差し入れがあった時も、新しい紙で、洒落た器を幾つか折って作り、盛り分けた。

文化祭のパンフレットの入稿が、一年生のとんでもない手違いから遅れた時も、感情的にならず、的確に処理した。間違えた子が詫びるのにも、わずかに唇の端を上げて《いいのよ》というように微笑んで返した。教師への敬語も完璧である。
……あの人に気を抜く時などあるのだろうか。少し、くつろいだらいいのに。
そう思って、はらはらもした。道夫は、一人っ子だった。こんな姉がいたらな
あ——というかなわぬ思いが、次第に特別なものへと変わっていった。
生徒会での色々なやり取りから、百合子の弟も、この学校に来ていることが分
かった。それが、道夫のクラスの稲垣健という生徒であることも。——彼が羨ま
しかった。家に帰っても、百合子に会えるからだ。
楽しい時はあっという間に過ぎ、夏の訪れと共に、三年生は生徒会から引退し
ていった。上背もあり、濃い眉もきりりとした道夫だが、先輩の百合子に、胸の
思いをうちあける勇気には欠けていた。ただ、自分が早く帰れる時には、百合子
のクラスの昇降口を、見ぬふりをして見ていた。幸いにも恋しい影を見つけると、
さりげなくついて行く。
都会の学校だから、百合子も道夫もすぐに群集の中の一員になる。目立たない。
ある日、百合子はいつもの道をはずれ、デパートに向かい、思いがけない店に
入った。パンクロック系の奇抜なファッションやグッズが並んでいる。そこで、

彼女は、ピンクの髑髏が大口を開け、黄金の反吐《へど》を吐いている図柄のTシャツを選んだ。

道夫は仰天した。店員とのやり取りを見ていると、どうやら贈り物にするらしい。そこで、健がロックに関心を持っていることを思い出した。しかし、恋する男は、良い方にも悪い方にも、考えの振り子を揺らしたがる。

高校生の姉が、弟のために、わざわざ、Tシャツを買ってやったりするだろうか。

あれこれ煩悶した末、道夫は電話をかけた。相手は、勿論、健だ。気ばかりあせって、どう切り出そうか考えていなかった。健が出た途端に、いっていた。

「……す、好きな人が出来ちゃって」

「へぇー。相手は、どんな奴?」

「……どういったらいいのかな。今時、珍しいっていうか。その……とっても、日本的な……あの、物静かな人なんだ。言葉遣いがとっても綺麗でさ」

なかなか肝腎のことが切り出せない。だが、その答は、恋しい人が出してくれた。玄関のドアの荒っぽい開閉音と共に、それに負けない大声が、耳に流れ込んで来た。

「おーい、健。今日で十六だろー。いいもの買って来てやったぞー」

怪奇毒吐き女

健は、姉のことを、ひそかに《怪奇毒吐き女》と呼んでいる。たとえば、こんな時に、胸の内で叫ぶのだ。

テレビに、妙に肉体を誇示するアイドルが出て来ると、姉は、いきなり新聞を取り上げ、画面の女の顔を隠す。そして、いうのだ。

「こいつ、こっちだけだぜー。――ほら、見ろよー」

あるいは、歌番組で、新曲の紹介になる。シンガーソングライターの、創作にかける意気込み、苦心が語られる。それを唇の端を吊り上げて聞いている。やがて、音楽が鳴り出すと、

「くだらねー歌」

と切って捨てる。

中学生の時、たまたま読んだ怖い話の本に、『怪奇何とか女』というのがあった。それを見て思いついたのだ。

毒吐き女は、高校では生徒会に入った。文化祭が近づくと、どうしても帰りが

遅くなる。夕食まで学校ですましてくることがある。そんな時には、心身共に疲れるのか、茶の間の座椅子に、取り敢えず座ってしまう。

健が口をとがらし、

「まず着替えろよ、女だろ」

といっても、母親が、

「うちに帰ると、気持ちがほどけて眠くなるんだよ。ちょっとでも休むと、楽になるからさ」

と、甘いことをいう。確かに、受験をひかえた姉が、生徒会の仕事までこなすのは大変だろう。

一時間もすると、姉はパチリと目を開ける。テレビがついていると、それに向かって毒を二、三回吐き、ようやく風呂場に向かう。

初夏の訪れとともに、文化祭も幕を閉じ、姉の帰りも早くなった。三年生引退ということで、実務は下級生に引き継がれる。健は、姉のいる生徒会に入る気など、まったくなかった。

だが、そういうことにやる気を見せる生徒もいる。河合道夫という同級生も、皆が敬遠する文化祭実行委員を志願し、そのまま生徒会に残った。さっぱりした裏表のない奴で、健とも仲がいい。

気の早い母親が軒先に風鈴を下げ、それがチリンと鳴り出した宵、道夫が電話をかけて来た。珍しく、歯切れの悪い調子で、

「……す、好きな人が出来ちゃって」

けだるい空気にふさわしく、暑苦しい話題らしい。しかし、何で、そんな電話をかけてくるのか分からない。

「へぇー。相手は、どんな奴?」

「……どういったらいいのかな。今時、珍しいっていうか。その……とっても、日本的な……あの、物静かな人なんだ。言葉遣いがとっても綺麗でさ」

「そりゃあいいな。うちのアネキに、そいつの爪でもなめさせたいな」

「……垢を煎じるんじゃないか?」

「そうかも知れない」

「……とにかくさ、その人が今日、イメージに合わない、変な柄のTシャツ買うとこ見ちゃってさ」

「追っかけてるのか、お前⁉」

道夫は、問いには答えず、自分の話を続ける。

「プレゼント用に包んでもらってるんだ。青い紙でさ。男にやるんじゃないか、と思うんだ」

だからって何でうちにかけて来るんだ。何が知りたいんだ――と、健が思った時、玄関のドアが開き、毒吐き女の声が響いて来た。

「おーい、健。今日で十六だろー。いいもの買って来てやったぞー」

伊坂幸太郎

ライフ　システムエンジニア編

ライフ　ミッドフィルダー編

伊坂幸太郎

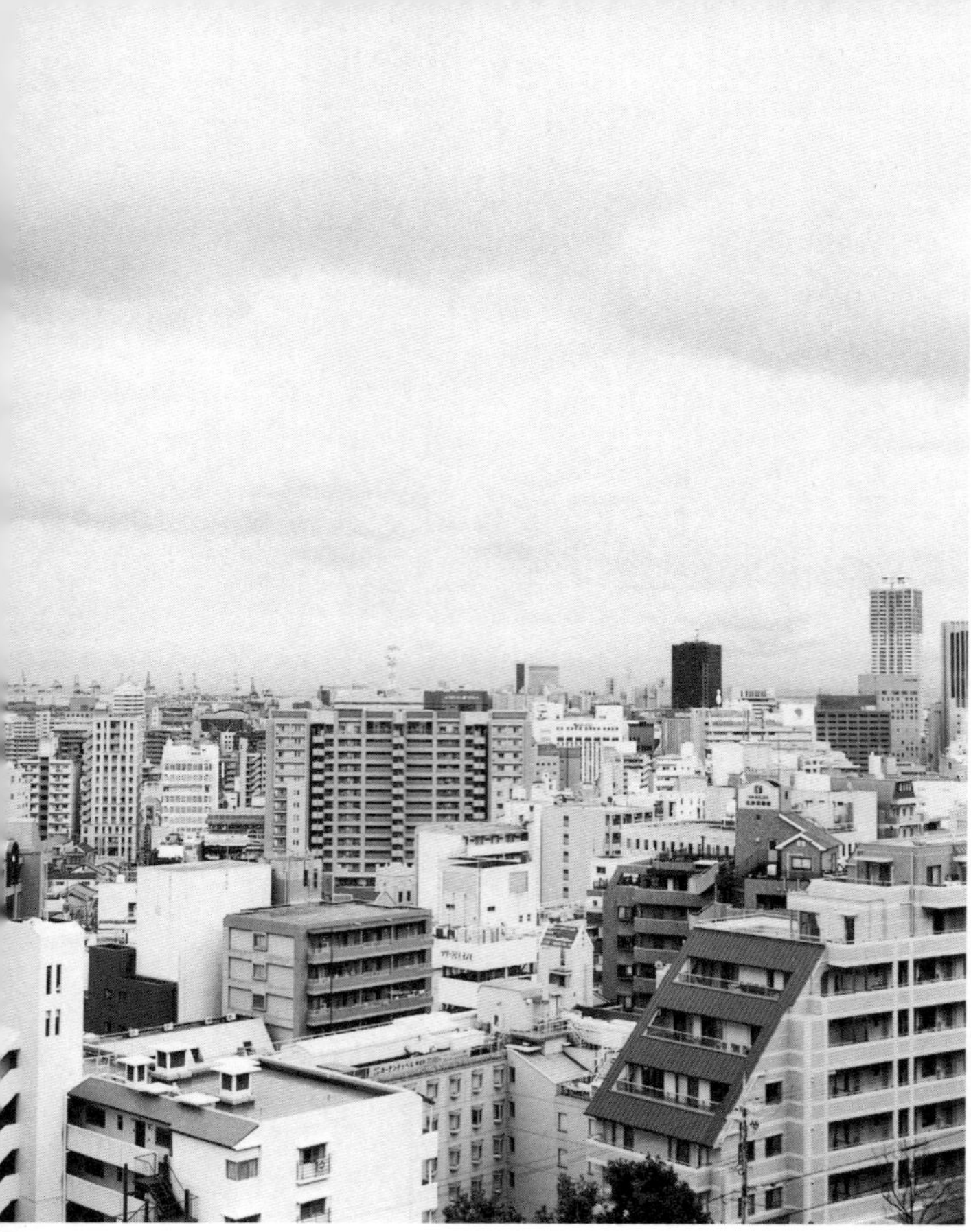

ライフ　システムエンジニア編

試合は観に行けないかもしれない。受話器を左耳にあてながら、窓際にある時計を見ると、午後三時を回っていた。この職場から地下鉄の駅までの距離、仙台のスタジアムまでの所要時間を考えると、後半戦からも難しい。

「このシステムがないと、うちは仕事にならないんだけど」電話の向こうは東京だ。顧客、つまり発注元の課長が、苛立ちと軽侮の混じった声を出している。「明日、月曜日に稼働しないと困るんだよ。テストやったわけ?」

明日までには間に合わせます。私は丁寧に答えてから、佐藤にかわっていただけますか、と部下を呼んでもらう。

電話を構えたまま、目の前のパソコンを操作する。画面には、サッカーの国内プロリーグの試合経過を表示してあった。0対0のままだ。中学生の頃、国語の教師に、「何か格言を作りなさい」と命じられ、「点の入らないサッカーは、国語の授業と同じくらい楽しい」と書いたら、やけに誉められたことを思い出す。

出場選手の一覧があり、私の友人の名前もあった。そうかスタメンだったんだな。

前回、彼と会ったのは、四年前だ。移籍前の彼が、やはり仙台戦のために来ていた時だ。その頃の私は開発主任になったばかりで、「主任っていうのは、偉そうじゃないか。ちょび髭を生やさないでいいのか？」と彼にからかわれた。それから彼は、「俺はもう二十年以上も、ミッドフィルダーだ。ちっとも出世しないなあ」と子供のように目を細めたりもした。その頼もしくものんびりとした彼の雰囲気が、私は子供の頃からとても好きだった。

「うまくいかなくてすみません」と電話から佐藤の声が聞こえた。「そっちでテストした時にはうまくいったのに」と嘆いている。「このプログラム、伊藤さんが設計したところで、やけに難しいんですよ」と以前の担当者の名前を出したりもした。

まあ、そういうもんだ。私はそう答えた。うまくいかないこともあるよ。

企業の社員用システムのバージョンアップ、それが今回の仕事だった。控え目に言っても、厳しい開発日程だった。部下たちが、死ぬ、であるとか、絶対無理ですよ、であるとか、労働基準法！　であるとか高揚とも悲観ともつかない愚痴をこぼすのを宥めすかし、どうにか完成にこぎつけた。今日がその、導入日だったのだが、うまく動作しない。

「とにかく、さっきメールで送ってもらったプログラムで試してみます」佐藤は言ってから、「今日、仙台戦じゃなかったんでしたっけ？」と声をひそめた。「観に行ってくれていいですよ。携帯電話に連絡入れますから」

そうはいくか、と私は笑い、電話を置いた。けれどその後、いつのまにか眠っていた。日曜日の仕事場には他に誰もおらず、しんとしていて、寝るのに適していた。

携帯電話の音で、目を覚ます。てっきり佐藤からだと思ったが、「俺だよ」と低い声が聞こえ、私は背筋を伸ばした。時計を慌てて見る。「ああ」と私は声を発してから、実は仕事で観に行けなかったのだ、と告げた。

「そうか」彼は若干、残念そうではあったがすぐに、「イチゼロで勝ったよ」と言った。そうか俺が行かなくても勝ったか、と私はおどける。彼の声を聞いて、ほっとした。ほっとして、じんわりと嬉しくなる。私と彼の仕事の間には何の関連もないが、けれど何かをやり遂げようと汗をかいている、という点では繋がっている気がした。

「まだ、主任やってんだ?」彼が軽快に、言う。

「おまえもスタメンだし」

「実はさ」しばらくして彼が照れ臭そうに、言った。「どうした?」「最後、ゴールが決まる前にさ」「どうかしたのか?」「手で触った」「え?」「俺、ハンドしたんだ。誰も気づかなかったけどさ」私は苦笑する。四年ぶりの会話で言うようなことなのか。同時に職場の電話が鳴った。佐藤だろう。私は、友人との会話を終え、仕事へ戻る。

ライフ　ミッドフィルダー編

あいつは観に来ていたのだろうか。試合終了後、スタジアムの応援席に挨拶をした後で、そう思った。仙台のスタジアムは敵地であるため、うちのチームを応援しに来た客たちはかなり少ない。それでもわざわざ新幹線でやって来た数十人が、応援用の旗を振り、ユニフォームを着ていてくれる。ありがたい。

試合に出られて良かった、としみじみ思った。そもそも、仙台遠征メンバー十六人にも入れないかもしれない、と覚悟をしていたのだ。ここ二試合、チームは無得点の負け試合が続いていたし、全体の順位もかんばしくはない。三十四歳の自分が外される理由なら幾らでもありそうだった。

あいつは来ていたのかな、とまた思う。

小学生の頃からの友人だった。前回顔を合わせたのは四年前、やはり仙台を遠征で訪れた時だ。システムエンジニアをしている彼は快活に振舞っていたが、けれどストレスのせいなのか疲れているようにも見えた。

「仙台からすれば、おまえのチームは敵なんだ。そっちの応援席に座っているのも肩身が狭いんだぜ」と彼は苦笑しながらも、「でも、おまえがサッカーしているのを観ると、励まされるよ」と言ってくれた。

「知ってるか、おまえが観に来た試合は今のところ負けなしだ」と伝えると、彼はまんざらでもない表情で肩をすくめた。「そうか」「いっそ毎試合、来てくれよ」「お役に立てるのであれば、喜んで」と彼がわざとらしく、丁寧な口調でふざけたのを覚えている。

どうしてサッカーと無縁の彼と親しくなったのか、今では思い出せない。パス、と言っても、「七並べのパスは三回まで」のパスを真っ先に思い浮かべるような、彼はそんなタイプだった。ただ、だからこそ、特別な親しみを感じたのかもしれない。練習に不満があると彼にこぼしたし、「あの敵の決勝点はさ、俺が怠けて走らなかったせいなんだ」と懺悔まがいのことをすることもあった。

サッカーをまるで知らない彼はいつも、ふーん、と話を聞き、それから、「まあ、そういうもんだよ」と答えた。「うまくいかないこともあるよ」と。

着替えを終え、仙台駅へ向かうバスに乗り込みながら、試合内容を振り返る。苦笑が漏れてしまう。試合終了間際、オーバーラップしてきたディフェンダーのヘディングシュートが決まったのだが、実は、その決勝点の入る直前に、間の抜けた失敗をしていたのだ。誰にも指摘はされなかったが、稚拙なファウルを犯していたのは明らかだった。だからだろうか、気づくとバスの中で、友人に電話をかけていた。

友人の声は、四年前と変わっていなかった。俺だよ、と名乗ると、「実は仕事で観に行けなかったんだ」と言ってきた。そうか、と答える。残念ではあったが、けれどそれ以上に、それで良かったのだな、と思うところもある。彼もまた、自分の人生を進んでいる。

実は、と試合での失敗を打ち明けると友人はひどく笑った。「まあ、そういうもんだよ」

「とにかく、点が入って良かった」と言うと、「点の入らないサッカーほどつまらないものはないよな」と彼が答えた。「国語の授業と同じくらいか？」と言い返すと、「ああ、よく覚えているな」と彼が感心の声を上げた。

そして電話の切り際、彼は、「また次の仙台戦の時に」と言った。陽光に包まれるような、暖かい気分になる。「そうだな、次の仙台戦の時に」と返事をした。次も、きっと来るんだ。

五分ほどして、携帯電話が再び、鳴った。意外なことに、切ったばかりの友人からで、「あれ？」と戸惑いを口に出す。

「サイン色紙」と彼は照れくさそうだった。「今電話で話してて、分かったんだけど、仕事相手の課長が、おまえのファンらしくてさ。サポーターってやつか？　サインもらえないかな」

お役に立てるのであれば、喜んで。茶化すように、恭しく、返事をする。

三浦しをん

お江戸に咲いた灼熱の花

ダーリンは演技派

三浦しをん

お江戸に咲いた灼熱の花

浅野内匠頭長矩《あさのたくみのかみながのり》が、殿中《でんちゅう》松の廊下で刃傷沙汰に及んだ。

このお家の一大事を国元へ伝えるべく、築地鉄砲洲の赤穂藩上屋敷から、早馬が猛然と往来へ飛びだしていく。

杉原健輔と森田信二は、屋敷門から少し離れた場所で、砂埃を上げて走り去る馬の尻を見送った。杉原は、すすけた黒の着流しに長物を差した浪人風、森田は、平織りの質素な着物に灰色の袴をつけた下級武士の風体である。

「なあ、森田。いかに馬に鞭をあてたところで、国元に知らせが到達するのはせいぜいがとこ六日後。大事が出来《しゅったい》したというのに、まどろっこしいことだな。お江戸と赤穂に離れていても、相手の声がすぐ耳元で聞こえてくるような筒や、書状を入れたら即座に相手の手元に届くような小箱があったら、どれだけ便利だろうとは思わぬか」

「杉原。もしかしなくともそれは、電話とファックスのことを言ってるのか」

「うむ」

と、杉原は重々しく答えた。

「うむ、じゃねえよ！」

森田は隣に立つ友人をどやしつけた。

「おまえ休憩中ぐらいは、そのエセくさい時代劇言葉やめろ。どうせ大根なんだから役作りもほどほどにしとけ」

ちょうどそのとき、「はい、カット！」という声が聞こえ、周囲がざわめきだした。一度は駆け去った馬が、スタッフによって張りぼての門内まで引き戻される。どうやらまた撮り直しらしい。

もう二時間も出番待ち中の杉原と森田を、夏の日差しが直撃する。眼前で繰り広げられているシーンは早春のはずなのだが、いくら役者魂を発揮しようとも、暑いものは暑い。カツラのなかで頭皮が蒸れて、非常にかゆかった。しかし、役者の外見を厳密にチェックするスタッフだけでなく、撮影を遠巻きに見学する大勢のファンの目がある。かゆいところを盛大にかきむしることもできないのが、人気商売のつらいところだ。

「だってさあ、森田」

杉原は、義憤に燃える侍の表情をあっさりと崩壊させ、泣き言をだらだら漏らした。「せめて武士ごっこでもして、『俺は役者だ』って自分に言い聞かせとかなきゃ、もう耐えらんないよ。この撮影やばいって。毎日深夜まで拘束されてるのに、全然進まないじゃん。おまけに監督は、『江戸時代の人間がこんなもん持ってるか！』って、出演者の携帯を取り上げちゃうしさ。園子の誕生日は昨日だったんだぜ？　なのに連絡もできなくって、俺絶対にフラれる！」

「文《ふみ》でも書けよ、江戸時代人は」

二枚目だいなしで悲嘆に暮れる杉原を、森田はすげなくあしらった。

「それじゃあダメなんだよう。ずっと会ってないんだもん。電話してさ、『きみの夢を毎晩見るんだ……』って耳元で囁いとかないと」

「いつもそんなこと女に言ってんの！」

森田は笑いを炸裂させた。「アホだろ、おまえ」

しかし杉原は、もはや聞いてはいなかった。飢えた獣さながらの目で、見物人がひしめくセットの茶屋のあたりを見据える。そこの箪笥《たんす》のなかには、実は業務連絡用に引かれた電話が置いてあるのだった。

「あそこでなら、電話をかけられる。この撮影所に長く監禁状態の俺ではあるが、彼女の声を聞くことができるんだ……！」

森田の制止を振り切って、杉原は茶屋のほうへ突進していった。「待っててくれ、園子！」

美形俳優が走ってくるのを見て、見物人たちから悲鳴に近い歓声が上がった。おかげで馬が驚いていななき、撮影は中断。赤穂への急使は、またも虚構のお江戸から出ていけなかったのだった。

「はてさて、ファンのおなごに取り巻かれながら、いかにして愛の言葉を受話器に吹きこもうというのでござろうな」

森田は、茶屋の箪笥から電話を引きずりだした杉原を遠目に眺め、にやにやと笑った。

ダーリンは演技派

「はい、望月です」

望月園子は、心地よい眠りを破った昼下がりの電話に、地の底でうごめく亡者のごとき声で応じた。

昨夜は閉店後に美容師仲間との飲み会に突入し、部屋に帰りついたときには朝だった。くたくただったが、週に一度の定休日を無駄にするまいと、眠い体に鞭打ってゴミ出しをし、滞りがちだった掃除洗濯をすませ、ようやくベッドで幸せな眠りについたところだったのだ。

園子の声音に怖じ気をふるったのか、電話の向こうは一瞬沈黙し、やがておずおずと、

『あ、マネージャー。俺だけど……』

と言った。まちがいなく、杉原健輔の声だ。

「あたしがいつ、あんたのマネージャーになったのよ」

『いや、わかってる。俺のいないあいだに、なにか変わったことはない？』

健輔はややトンチンカンな受け答えをした。受話器は堅実に、彼の背後のざわ

めきも拾う。どうやら彼は、大勢の人間に囲まれているらしい。なるほど、と園子は事情を察した。

「おかげさまで、なにも。誕生日にも、恋人から電話一つなかった」

本当は、園子はそんなことにはこだわっていなかった。楽しく仲間と騒いでいた昨日が、そういえば自分の誕生日だったっけと、実のところいま気づいたほどだ。ただ、健輔がどう切り返してくるのか、ちょっと意地悪をしてみたくなったのだ。

『ああ……』

健輔はうめいた。『その件については、申し訳なく思う。言い訳になるけど、俺も最善を尽くそうとはしたんだ。でもどうしてもスケジュールの都合がつかなくて』

健輔の言葉にかぶさるように、「かっこいい！」とか、「こっち向いてー！」などという、悲鳴じみた嬌声が聞こえる。園子はほくそ笑んだ。

「一日遅れでもいいわ。いま、『誕生日おめでとう』って言って。そしたら許してあげる」

『いやあ……』

健輔はためらったのち、可能なかぎり艶をこめたらしい声で、

『そうか、生まれたんだ。おめでとう』

と言った。園子は笑いを押し殺し、ヒーヒーと腹をひきつらせた。

「なにその棒読み。しかも出産祝いになってる」

『早く顔を見たいな』

「それ、あたしのこと？　それとも架空の赤ん坊のこと？　どっち？」

『うぅ』

息も絶え絶えといった様子で、またもや健輔がうめく。『そう、その、もちろん一人目のほうがかわいいと思うよ』

健輔が遠回しに、だが必死に伝えてこようとする感情に、園子は唐突に泣きそうになった。あわてて身を起こし、ベッドの上に座りこむ。

「健輔、こんなふうに仕事中に無理して電話してくれなくても、あたしは大丈夫だから。もう撮影に戻って」

そう言って切ろうとすると、

『待ってくれ』

と健輔は叫んだ。『電話したのは……そうだ、どうセリフを言ったらいいか迷ってる部分があってね。聞いてほしいんだ。重要なシーンだから、きみにしか頼めない』

健輔は周囲にひとの耳がある状況のなか、ギリギリの線でかき口説いてくる。

園子は優しくうながした。

「拝聴するわ。どうぞ」

耳元で、健輔が低く囁いた。

『「毎晩、おぬしのことを夢に見る。これほどだれかを愛しいと思うのははじめてだ」』

「ぶわっはっはっ」

園子はこらえきれず、今度こそ遠慮なく笑いをほとばしらせた。「せ、拙者もでござるよー！」

『笑うとこじゃない』

と、健輔はすねたようだった。

なんてアホで愛しいやつ。園子は笑いすぎてにじんだ涙をぬぐった。震える声で、恋人であり、時代劇を撮影中の人気俳優である男に告げる。

「オフの日には絶対に帰ってきてね。待ってる。あなたたぶん、カツラのせいで脳みそが蒸れちゃったのよ。あたしが気合い入れて、月代《さかやき》を剃って地毛でチョンマゲを結ってあげるわ」

阿部和重

監視者／私

被監視者／僕

阿部和重

監視者／私

依頼主に虚偽報告をして結論を引き延ばしてきたが、もはや限度を超えており、私の担当する調査はいつ打ち切られてもおかしくはなかった。私は何とかして、これまで通りに彼女を見守り続けていたいのだが、そろそろ誰かに引き継がねばならぬ時に来ていた。

彼女の動向を監視し始めて、すでに半年が経過した。この半年間における彼女の生活の一切を私は把握している。彼女が監視対象となってしまったのは父親のせいだ。彼女の父親はどうやら、とんでもない盗みをやらかしたらしい。依頼主の説明によると、彼女の父親は、アメリカ国防総省の外郭組織である生物化学兵器の防護対策研究所から汚染除去剤の試料を持ち逃げして行方を暗ましたことになっているが、これにはさらに裏があるのではないかと私は睨んでいる。というのも、汚染除去剤のサンプルがかっぱらわれただけならば、犯人の捜査は正式のルートで進められるに違いないからだ。彼女の父親は遺伝子工学者である。ゆえに勤め先の実態は、ゲノム関連の研究機関である可能性が高い。だとすれば、依頼主らの過度の警戒ぶりから察するに、持ち出されたものの正体は、特定民族のみを攻撃対象とする遺伝子兵器の極秘研究に関わる機密データではないかと私は読んでいる。表向きは政府が生物兵器禁止条約の強化を国際社会に訴えている最中だけに、連中は他国で公然と動き回ることが出来ず、代わりに私のような下請けを各国で何人か雇い、無謀なこそ泥野郎を秘密裏に捉える心算でいるのだと思われる。私はそう理解している。

捜査本部は無能揃いなのか、連中は未だに盗っ人を捕まえられずにいる。今のところはエシュロンも役立たぬらしい。末端の私の任務は時が経つに連れて重視されなくなっていった。一向に成果が上がらぬからだ。両親の離婚以来、父親との再会の機会を彼女は一度も持っておらず、彼女自身、今更会う気もないようだ。父親にしても、我々に見つかれば直ちに拘引されるわけだから、そんな危険を冒してまで、十二年前に別れた娘の前にわざわざ現われたりはしまい。これが情報当局の総意となりつつあったが、依然として対象者の居所を掴めぬ状況が続いているため、私も何とか切り捨てられずにきた。だが、連中も無駄金ばかり遣っているわけにもゆかぬだろうから、捜査体制は早晩改められるに違いない。

この半年間、私は全力で彼女を見守った。単独活動ながら私の監視体制は万全であり、彼女の生活圏全域を常時見渡せる状態にある。同域内の各建物や街頭に既設の監視カメラの全映像は無線でこちらに送られてくるし、電話もファックスもメールも常に傍受している。主な交友関係者も監視下にある。依頼主は費用が掛かり過ぎると規模縮小を要求してきたが、これくらいでないと彼女を守り通すことは難しい。比類ないほどの美貌の持主であるためか、ついこないだまで彼女は複数人のストーカーに同時に付け狙われていたのだ。目が見えぬ彼女の手を取るふりをして誑《たぶら》かそうとする輩は今も絶えない。私はいつしか、本来の任務を超えて彼女の護衛に回るようになり、変質者どもを悉く《ことごと》駆逐してきたのだ。

幸い、私は彼女に気づかれてはいない。たとえ接近しても、黙ってさえいれば、盲人の彼女が私の介入を認識することはない。自分の娘のような年頃の彼女を見守り続けるうちに、私の中に疑似的な父性愛が芽生えたのは確かだ。だから、あの男の存在は私にとって面白くはなかったが、しかし彼女のためを思えば今、やるべきことは一つしかなかった。

あの男との結婚に迷っている彼女に、総てを知る者として私は、これだけは伝えておかねばならなかった。盗聴されていない電話を通して、「心配は無用だ」と。

阿部和重　監視者／私

被監視者／僕

その人の気配はすぐに判るのだと彼女は話す。姿が見えずとも、独特の匂いを嗅ぎ取り、足音や息遣いを耳にすれば忽《たちま》ち気が付くのだという。困ったことがあると、その人は即座に駆け付けて問題を速やかに解決してくれる。そんなスーパーマンみたいな人が常に見守っていてくれたらいいのにと、子供の頃によく思い描いていたのだと述べて彼女は微笑む。

もしもその人が実在して、今も君を見守り続けているとしたら、どう感じる？と僕が訊くと、彼女はなぜかはにかむような表情をして、嬉しいというよりは、ちょっと不気味かもしれない、と答えた。確かにな、と笑いながら僕は返したけれども、あるいは彼女は、僕が本気で当の役を買って出そうだと見越して、そう返答したのではないかという気もした。そこまでのことは望んでないからね、と言われて、やはりと思いながら僕は頷いた。

僕が彼女に求婚したのは、三週間前のことだが、結婚については、もう何カ月も前から二人で話し合ってきた。彼女が踏ん切れずにいるのは、自身が視覚障害者であるために二人の将来を危ぶんでいるからではない。結婚そのものに対する不安感を拭えぬせいなのだ。十二年前に父親が家を出た際に抱いた絶望感が、今なお彼女の心に暗い影を落としており、乗り越える術を見出せずにいる、という状態なのだ。僕は絶対にいなくなったりはしない、と約束したし、彼女もそれを信じてくれてはいて、気持ちの面でもあと一歩のところまでは来ているようなのだが、そこから進展が途絶えたまま、三週間が経ってしまったのだ。

こんな形のまま会わずにいたら、二人の関係自体が壊れてしまいかねない。だから僕はこの日、気晴らしをかねて、近所に開店したばかりのオープンカフェに彼女を誘ったのだ。答えはいつか自然に出るから、あまり思い詰めないほうがいい、と促して。

会うのは六日ぶりだったから、当初は彼女も僕も普段通りの調子でおしゃべりしていた。しかしそうしていても、お互いに結婚問題が気に掛かっているのは明らかだったし、やりとりが途切れて、僕が煙草を吸い、彼女がティーカップに口を付けている間の空気は、ひどく乾いて感じられた。これはまずいと懸念しつつも、僕は打開策を考え出せずにいた。

やがて僕らは口調も笑顔もぎこちなくなり、そのことが二人の行く末にとって過大に深刻な意味を持ってしまいそうな状況にさえ陥りかけていた。予想だにせぬ展開に僕は困惑してしまったが、しばらくしてもっと意外なことが起きた。カフェの店員がやって来て、店のコードレス電話を彼女に手渡したのだ。彼女宛てに電話が掛かってきたのだという。

彼女は、不思議そうな面持ちで受話器を耳に当てた。相手は誰なのか、僕には全く見当が付かなかった。母親や友人ならば携帯に掛けてくるはずだからだ。おまけに彼女が今この店にいることは、僕しか知らないのだ。僕はますます戸惑いつつも、彼女をただ見つめ続けることしか出来なかった。話し声を盗み聞きしたい誘惑に駆られながら。

気分を落ち着けるために、僕はトイレに立った。彼女の電話も長引きそうな様子だったから、これが二人の良い仕切り直しの機会になってくれることを僕は願った。

席に戻って最初に僕が覚えたのは、彼女を一人にしたことの後悔だった。電話を終えた彼女が泣いていたからだ。しかしそれは杞憂だと、すぐさま僕は理解した。彼女の頬を伝っていたのは嬉し涙であり、電話の主は、驚くべきことに、彼女の父親だと判ったからだ。

十二年ぶりの父娘の会話は、今の彼女にとっては何よりも必要なことだったようだ。「お父さんは、いつもお前を見ているよ」という言葉を、彼女はとても大切そうに口に出して反芻し、僕と固く両手を繋いだ。

執筆者紹介

吉田修一　よしだ・しゅういち

一九六八年長崎県生まれ。法政大学卒業。『最後の息子』で第八四回文學界新人賞を受賞してデビュー。同作および以降発表した『破片』『突風』『熱帯魚』はいずれも芥川賞候補となる。二〇〇二年『パレード』で第一五回山本周五郎賞、『パーク・ライフ』で第一二七回芥川賞を受賞。著書は『東京湾景』『春、バーニーズで』『7月24日通り』など多数。

森　絵都　もり・えと

一九六八年東京都生まれ。日本児童教育専門学校卒業。九一年『リズム』で第三一回講談社児童文学新人賞を受賞してデビュー。同作は後に第二回椋鳩十児童文学賞も受賞。その後も『宇宙のみなしご』『つきのふね』『カラフル』『DIVE!!』などで数々の文学賞を受賞。『永遠の出口』は、著者が初めて描いた大人のための物語として話題に。

佐藤正午　さとう・しょうご

一九五五年長崎県生まれ。北海道大学中退後、地元に戻り小説家を目指す。八三年『永遠の1／2』で第七回すばる文学賞を受賞してデビュー。著書は、小説に『女について』『取り扱い注意』『Y』『きみは誤解している』『ジャンプ』など、エッセイに『ありのすさび』『象を洗う』『side B』『豚を盗む』などがある。http://homepage3.nifty.com/rains/shogo/

有栖川有栖　ありすがわ・ありす

一九五九年大阪府生まれ。同志社大学卒業。八九年に『月光ゲーム』でデビュー。二〇〇三年に『マレー鉄道の謎』で第五六回日本推理作家協会賞を受賞。著書は、小説に『絶叫城殺人事件』『双頭の悪魔』『虹果て村の秘密』『白い兎が逃げる』など、エッセイに『作家の犯行現場』『有栖川有栖の密室大図鑑』など、多数。本格ミステリ作家クラブ初代会長。

小川洋子　おがわ・ようこ

一九六二年岡山県生まれ。八八年『揚羽蝶が壊れる時』で海燕新人文学賞を受賞。九一年『妊娠カレンダー』で第一〇四回芥川賞を受賞。二〇〇四年『博士の愛した数式』で第五五回読売文学賞（小説賞）、第一回本屋大賞を受賞。著書は『シュガータイム』『ホテル・アイリス』『偶然の祝福』『沈黙博物館』『まぶた』『ブラフマンの埋葬』など多数。

篠田節子　しのだ・せつこ

一九五五年東京都生まれ。九〇年『絹の変容』で第三回小説すばる新人賞を受賞してデビュー。その後、十三年間勤めた八王子市役所を退職して作家専業に。九七年『ゴサインタン―神の座―』で第一〇回山本周五郎賞、『女たちのジハード』で第一一七回直木賞を受賞。著書は『聖域』『夏の災厄』『弥勒』『秋の花火』『砂漠の船』など多数。

唯川 恵　ゆいかわ・けい

一九五五年石川県生まれ。八四年『海色の午後』で第三回コバルト・ノベル大賞を受賞してデビュー。少女小説で活躍したのち、恋愛エッセイ、一般小説へと執筆ジャンルを広げ、二〇〇二年『肩ごしの恋人』で第一二六回直木賞を受賞。著書は『めまい』『病む月』『ベター・ハーフ』『ため息の時間』『燃えつきるまで』『不運な女神』など多数。

堀江敏幸　ほりえ・としゆき

一九六四年岐阜県生まれ。早稲田大学卒業。明治大学理工学部教授、仏文学者。九五年『郊外へ』でデビュー。九九年『おぱらばん』で第一二回三島由紀夫賞、二〇〇一年『熊の敷石』で第一二四回芥川賞、二〇〇三年『スタンス・ドット』で第二九回川端康成文学賞、二〇〇四年『雪沼とその周辺』で第四〇回谷崎潤一郎賞、第八回木山捷平賞を受賞。

北村 薫　きたむら・かおる

一九四九年埼玉県生まれ。早稲田大学卒業。八九年『空飛ぶ馬』でデビュー。九一年『夜の蝉』で第四四回日本推理作家協会賞を受賞。著書は「私」シリーズ、「覆面作家」シリーズ、「時と人」シリーズなど多数。名アンソロジストとしても知られ、「謎のギャラリー」シリーズも編纂。近著は『詩歌の待ち伏せ』『語り女《め》たち』『ミステリ十二か月』。

伊坂幸太郎　いさか・こうたろう

一九七一年千葉県生まれ。東北大学卒業。二〇〇〇年『オーデュボンの祈り』で第五回新潮ミステリー倶楽部賞を受賞してデビュー。二〇〇四年『アヒルと鴨のコインロッカー』で第二五回吉川英治文学新人賞、『死神の精度』で第五七回日本推理作家協会賞を受賞した。著書は『ラッシュライフ』『重力ピエロ』『チルドレン』『グラスホッパー』など多数。

三浦しをん　みうら・しをん

一九七六年東京都生まれ。早稲田大学卒業。二〇〇〇年に長編小説『格闘する者に○《まる》』でデビュー。以後『白蛇島』『月魚』『秘密の花園』『ロマンス小説の七日間』『私が語りはじめた彼は』など話題作を次々発表。エッセイにも定評があり、『妄想炸裂』『しをんのしおり』『人生激場』『夢のような幸福』『乙女なげやり』など多数執筆。

阿部和重　あべ・かずしげ

一九六八年山形県生まれ。日本映画学校卒業。演出助手などを経て、九四年に『アメリカの夜』で第三七回群像新人文学賞を受賞してデビュー。九九年『無情の世界』で第二一回野間文芸新人賞、二〇〇四年『シンセミア』で第一五回伊藤整文学賞、第五八回毎日出版文化賞、二〇〇五年『グランド・フィナーレ』で第一三二回芥川賞を受賞。

本書は、日本テレコム SHORT THEATER「心をつなぐ言葉たち」（『ダ・ヴィンチ』２００３年12月号〜２００４年10月号、およびODNサイト）に掲載した全11回と、『ダ・ヴィンチ』２００５年1月号に掲載した「クリスマス特別企画 書き下ろし短編」を一冊にまとめたものです。

MF文庫 ダ・ヴィンチ

秘密。 私と私のあいだの十二話

二〇〇五年三月二五日　初版第一刷発行
二〇一二年一月三一日　第一二刷発行

著　者　吉田修一、森絵都、佐藤正午、
有栖川有栖、小川洋子、篠田節子、
堀江敏幸、唯川恵、北村薫、
伊坂幸太郎、三浦しをん、阿部和重

編　集　ダ・ヴィンチ編集部
発行人　横里隆
発行所　株式会社メディアファクトリー
〒一五〇―〇〇〇二　東京都渋谷区渋谷三―三―五
電話　〇五七〇―〇〇二―〇〇一（読者係）
〇三―五四六九―四八三〇（ダ・ヴィンチ編集部）
印刷・製本　株式会社廣済堂

万一、落丁・乱丁のある場合は送料弊社負担でお取り替えいたします。弊社にお送りください。

本書の一部、あるいは全部を無断で複写・複製・転載・放映、データ配信することは、法律で認められた場合を除き、著作権の侵害となります。

定価、本体価格はカバーに表示してあります。

©MEDIA FACTORY, INC."Da Vinci" Div. 2005 Printed in Japan
ISBN 978-4-8401-1234-5 C0193

メディアファクトリーの話題の本

君へ。

つたえたい気持ち三十七話

ダ・ヴィンチ編集部／編

あなたがつたえたい人は誰ですか？　便利なデジタル社会になっても変わらないもの。それは、人が人につたえたいという切実な気持ちです。
――本書は「コミュニケーション」をテーマに、人気作家37名がとびきりのエピソードを綴った作品集。各作家の直筆サインも収録した『ダ・ヴィンチ』人気連載の文庫化です。

〈執筆作家〉鷺沢　萠、山本文緒、北方謙三、宮本　輝、江國香織、五木寛之、藤沢　周、松岡佑子、田口ランディ、大沢在昌、森　絵都、篠田節子、夢枕　獏、角田光代、有栖川有栖、山川健一、鈴木光司、藤田宜永、村山由佳、北村　薫、小池真理子、松尾スズキ、石田衣良、山本一力、大林宣彦、川上弘美、大槻ケンヂ、馳　星周、高橋源一郎、唯川　恵、石坂　啓、鴻上尚史、重松　清、谷村志穂、瀬名秀明、坂東眞砂子、乙一

メディアファクトリーの話題の本

ありがと。

あのころの宝もの十二話

ダ・ヴィンチ編集部／編

恋愛、仕事、友情、家族……生きていくことはとても苦しかったり、切なかったり、つらかったり。でも、そんなときに、あなたを支えてくれるかけがえのない宝ものはありませんか？　誰に感謝するわけではないけれど、誰かに「ありがと。」と言いたくなるような出会いと旅立ちの物語12編。

〈執筆作家〉狗飼恭子、加納朋子、久美沙織、近藤史恵、島村洋子　中上紀、中山可穂、藤野千夜、前川麻子、三浦しをん、光原百合、横森理香

メディアファクトリーの話題の本

love history

西田俊也

恋の痛みは、
いつか love history にかわるだろう

10歳年下のフリーカメラマンとの結婚を明日に控えた由希子は、昔の恋の思い出が詰まったダンボールを捨てようと雪山に出かけて、事故に遭い、不可思議な心のタイムスリップに陥ってしまう。大学時代の恋人と過ごした誕生日。なぜ付き合ったのか今では不思議にさえ思ってしまうエリートの彼との別れ。不倫の恋の破局。プロポーズの返事をしないまま死別してしまった彼と最後に会った日……。そんな恋の再体験を経て、現在の彼のところに戻った彼女が気づいたこととは——。荒井由実の名曲にのせて綴られる甘やかで切ない恋のファンタジー。

メディアファクトリーの話題の本

love history 2

second songs

西田俊也

思い出の音楽に導かれた過去への旅は、清冽な湧き水のように、静かに心を潤していく

街の喫茶店で思い出の曲を耳にし、一瞬で大学時代のほろ苦い恋に戻ってしまう慧二。近所のショッピングセンターの駐車場で、ラジオから流れる曲を聴き、突然、中学3年の秋の恋に立ち戻ってしまう、主婦のひとみ。ガンに冒された恋人の静養のために、仕事も辞め、二人が出会った北海道の風屋に移り住んだ気象予報士の恵里。そこで最愛の人を救うためのタイムスリップを経験する彼女が見つけたものとは――？　思い出の曲がきっかけで起きる恋のタイムスリップを描いた短編2本、中編1本を所収したシリーズ第2作。

メディアファクトリーの話題の本

愛がなんだ

角田光代

直木賞作家が描く、終わらない片思いの小説

山田テルコは28歳のＯＬ。田中守のことを好きで好きでたまらないが、守はテルコを「都合のいい女」として扱っているだけ。親友の葉子に忠告されてもテルコは耳を貸さず、自ら仕事も友人も犠牲にして、守にひたすら尽くし続ける。しかし、尽くせば尽くすほど、守の心はテルコから離れていく……そんなとき、テルコは守から年上の女、すみれを紹介される。守はすみれのことが好きなのだ……。そして、テルコが選んだ道は――「恋愛とは何か」を根本的に考えさせられる傑作長編。

メディアファクトリーの話題の本

昨日うまれた切ない恋は

益田ミリ

イラストエッセイと、五・七・五の川柳で描く、
普通の女の子たちの恋のワンシーン

まっすぐな片思い、苦しくて眠れない夜、ちょっとずるいカケヒキ、
胸に刺さるような裏切り、理由もわからずに不安になる一瞬、
恋に恋する自分、2人がなじんでいく喜び、失恋したときの自分へ
の言い訳……。

短い物語の中に、あなたの心にしみこむ言葉がきっとあります。

メディアファクトリーの話題の本

嘘つき。

やさしい嘘十話

ダ・ヴィンチ編集部／編

本当は、嘘なんてつきたくない。だけど――。
誰かを大切に思うあまりに、ついてしまった嘘。そんな〝やさしさ〟から零れ落ちてしまった「嘘」が、十人の作家たちによって、小さな物語になりました。ビターで切ない、だけど心があったかくなる十話。

〈執筆作家〉西 加奈子、豊島ミホ、竹内 真、光原百合、佐藤真由美、三崎亜記、中島たい子、中上 紀、井上荒野、華恵